Deux étés 44

François Heilbronn

Deux étés 44

roman

Stock

Il a été tiré de cet ouvrage
150 exemplaires hors commerce
sur papier Munken Pure Rough
marqués H.C. I à H.C. CL
constituant l'édition originale.

Illustration de bande : Plan Belle-Isle de la ville de Metz,
1735-1738
Graphisme : Le Petit Atelier

ISBN 978-2-234-09369-0

À ma grand-mère Anne-Marie,
qui inspira ce roman

À ma mère Gina,
qui aurait tant aimé le lire

« Le savant passe avant le roi ; car si le savant meurt il se peut que nul ne puisse le remplacer ; tandis qu'à la mort du roi, on peut lui choisir un successeur parmi tout Israël. »

Simon KAYYARA,
rabbin de Babylone, VIIIe siècle

1

En cet ensoleillé matin d'automne 1927, Julien Hayem, accompagné de son épouse Lucie, sortait d'un élégant immeuble haussmannien au 10, avenue de Messine.

Les platanes bordant la large voie s'embrasaient de couleurs ocre et feu comme autant de buissons ardents. Ces teintes exubérantes contrastaient avec la mise de Julien en habit de deuil, il portait une redingote noire, un gilet noir, une chemise blanche à plastron, une cravate noire de chez Charvet, un haut-de-forme et une brassière noire. Il arborait sa croix d'officier de la Légion d'honneur. En noir elle aussi, couverte d'un chapeau et d'une mantille, Lucie lui tenait le bras, par affection, par émotion, pour garder l'équilibre, également ; elle approchait les quatre-vingts ans, comme son époux. À la vue de ce vieux couple digne et uni dans une peine insondable, un mot venait aux lèvres du passant :

fidélité. Le chauffeur les aida à s'installer dans la spacieuse Hispano-Suiza.

En chemin, ils passeraient prendre à Passy leur belle-fille Sophie. Elle serait accompagnée de deux de ses fils, André et Étienne Hayem. Ensuite ils iraient chercher leur fille, Flore. Le nombre de places par famille était limité à quatre pour la cérémonie, mais en tant qu'ancien maire adjoint du XIe arrondissement de Paris, Julien avait obtenu deux places supplémentaires pour ses petits-fils.

Flore monta dans la voiture et l'Hispano-Suiza se dirigea vers le Quartier latin. Pendant le trajet chacun se rappela Émile, sa joie de vivre, son élégance, son ardeur, ses multiples talents, son courage, surtout. De temps à autre, Julien pressait la fine main de Lucie, parler de leur fils au passé le troublait toujours, son aura ne se dissipait pas. N'était-ce pas Émile, là sur le quai, cet homme élégant, conversant vivement avec un bouquiniste devant une boîte de livres ? Il lui ressemblait.

L'Hispano s'arrêta au bout de la rue d'Ulm. Ses occupants descendirent, marchèrent à pas lents vers le Panthéon et prirent place dans la nef où se massait une assistance déjà nombreuse. Ce samedi 15 octobre 1927, la République honorait dans son temple les cinq cent soixante écrivains morts au champ d'honneur entre 1914 et 1918. Le président de la République Gaston Doumergue inaugura les quatre plaques en pierre de Paris gravées des noms glorieux, puis la voix profonde de Georges Lecomte, académicien, résonna entre les piliers de l'édifice des Grands Hommes pour présenter l'hommage de l'Académie française.

– Fidèles à tous ceux qui tombèrent pour la défense de notre libre avenir, écrivains de France, nous avons le droit et le devoir d'une pitié plus affectueuse encore pour les écrivains français qui se sont immolés.

Le discours achevé, chaque famille s'approcha d'un des quatre piliers portant le nom de son cher disparu. Suivi des siens, Julien s'arrêta devant la deuxième colonne au fond de l'édifice. Il leva la tête et lut sur le cénotaphe :

– L. Gumpel, A. d'Harmenon, J. Hatier, G. Haumont, E. Hayem...

Émile... Les yeux brillants, Julien se figea au nom de son fils chéri, immortalisé dans la pierre la plus auguste.

Comme son père, Émile aimait voyager, écrire, faire revivre l'histoire et la geste des hommes, souvent anonymes. D'une plume alerte et évocatrice, il avait publié plusieurs récits patriotiques, *La Garde au Rhin*, *Menace prussienne*, *La Riposte*, *Visite au musée militaire de Berlin*, *Quelques semaines au Maroc* et son célèbre *Au Rhin gaulois*.

En 1914, à quarante-quatre ans, officier de réserve de cavalerie, instructeur, père de six enfants, il n'avait pas hésité à rejoindre son régiment de dragons. Il s'était porté volontaire au combat malgré son âge et sa charge de famille, comme son beau-frère Henry Klotz, l'époux de sa sœur Flore, également capitaine mais d'artillerie, âgé de quarante-sept ans et lui aussi père de six enfants.

La mémoire de son nom serait dorénavant immortalisée ici, près de ses héros, Mirabeau, Gambetta, Hugo, Zola, les généraux Lafayette et Marceau… Couvert de son haut-de-forme, Julien s'inclina et murmura un kaddish[1], repris par sa fille Flore, sa femme, sa belle-fille et ses petits-fils. Puis, suivi des siens, il descendit vers les cryptes par l'escalier en colimaçon pour rejoindre le caveau XXIV, celui de Hugo et de cet autre Émile qui s'était dressé pour sauver l'honneur d'un capitaine juif et celui de la République. Là, il tira de sa poche une feuille pliée en quatre et lut pour les siens la citation qui avait valu au capitaine Émile Hayem d'être nommé chevalier à titre militaire dans l'ordre de la Légion d'honneur.

– « Émile Hayem, capitaine de réserve du 19e dragons, est tombé glorieusement le 19 août 1914 en Alsace en chargeant bravement avec son lieutenant-colonel à la tête de son escadron contre des cavaliers allemands très supérieurs en nombre. »

1. Prière juive pour la liturgie des morts, qui s'adresse aux vivants.

Julien marqua un silence. Son fils reposait au cimetière militaire d'Altkirch dans cette terre d'Alsace dont était originaire sa famille maternelle, les Klotz, terre qu'il avait tant voulu reconquérir, comme il l'avait rêvé dans *Au Rhin gaulois*.

La famille Hayem repartit vers l'avenue de Messine après avoir salué Charlotte Péguy, dont le mari, l'auteur de *Notre jeunesse*, cette jeunesse, quasi mystique, assoiffée de justice et d'idéal républicain, était un proche d'Émile.

Arrivé chez lui, Julien se changea pour une tenue plus confortable, un costume trois pièces en fil d'Écosse gris clair. Il se regarda dans un miroir, sa barbe et ses cheveux avaient blanchi depuis longtemps, il ressemblait de plus en plus à son cher Hugo qu'il venait de visiter. Cette comparaison lui fit esquisser un sourire, le premier de la journée.

Lucie et lui avaient invité à déjeuner leurs enfants, beaux-enfants et petits-enfants, ainsi que le frère de Julien, le professeur Georges Hayem, superbe vieillard de quatre-vingt-cinq ans à la barbe blanche dont le regard bleu malicieux se cachait derrière des lunettes rondes en acier. Père de l'hématologie française, ancien président de l'Académie de médecine, Georges portait le deuil de son fils Henri. Le lieutenant Henri Hayem du 33ᵉ d'infanterie avait été tué à l'ennemi en février 1915 après être monté à la tête de sa compagnie à l'assaut d'une tranchée allemande. Son nom aussi avait été honoré, mais comme professeur, sur une plaque à l'entrée de la faculté de droit de la Sorbonne, face au Panthéon. Georges et Julien évoquaient rarement le sacrifice de leurs deux fils. De leur père Simon, né à Verdun, d'une famille originaire de Metz, ils avaient à cœur ce patriotisme lorrain. Né à Paris, place des Victoires, Julien s'était empressé à vingt-trois ans de rejoindre les gardes nationaux en 1870 pour défendre la capitale contre les envahisseurs prussiens.

À peine Georges fut-il entré dans le salon que Julien le conduisit dans son bureau. Là, dans un silence capitonné de livres et de photos de famille, les deux frères s'embrassèrent et se tinrent longuement les mains dans le souvenir chuchoté d'Émile et d'Henri. Plus de dix ans s'étaient écoulés, la douleur demeurait infinie.

Ils gagnèrent le salon où Louis-Lucien Klotz, leur neveu, venait d'entrer au bras de Gabrielle, sa femme resplendissante. Louis-Lucien avait été ministre des Finances et de l'Intérieur avant guerre, et surtout le ministre des Finances de Clemenceau de 1917 à 1920. Le Tigre, toujours moqueur, s'autorisait de son affection pour lui en le présentant ainsi : « C'est le seul Juif, que je connaisse, qui ne connaisse rien aux questions d'argent. » Louis-Lucien en souriait, c'était aussi un grand diplomate. Il avait été un des signataires de tous les traités de paix et la légende lui attribuait ce mot devenu célèbre : « Le Boche paiera ! »

Henry Klotz un autre neveu, ex-mari de leur fille Flore, combattant héroïque, lieutenant-colonel de réserve d'artillerie, officier de la Légion d'honneur à titre militaire, était là aussi entouré de ses trois fils et trois filles.

Pendant le repas, Henry Klotz évoqua la guerre, ses batailles si meurtrières qui avaient endeuillé leur famille comme tant d'autres familles françaises. Il rappela le courage, les faits d'armes de ses deux cousins morts au combat, l'un à la tête d'un escadron de cavalerie et l'autre d'une compagnie d'infanterie. Tout le monde se remémora le vain espoir qui les avait animés à l'été 1914. Après la charge de dragons en Alsace, sans nouvelles d'Émile tombé derrière les lignes ennemies, ils avaient voulu croire qu'on l'avait capturé blessé puis emprisonné. L'illusion dura quatre ans. Après guerre, Henry chercha inlassablement sa trace, usant de ses relations auprès de nombreux généraux. Il arpenta les cimetières militaires et les champs de bataille d'Alsace. Il logea longtemps à l'hôtel Terminus de Colmar. Il retrouva finalement les témoins de cet acte de bravoure insensé, sa mort fut hélas confirmée. Le 19 août 1914, à 10 heures du matin, face au soleil, Émile avait chargé à cheval et sabre au clair à la tête de son 6e escadron à la sortie du village de Brunstatt, aux côtés du lieutenant-colonel Touvet commandant le 19e dragons. Le colonel s'était élancé au cri d'« En avant pour la France » en essuyant de violentes rafales de mitrailleuses de plusieurs compagnies d'infanterie allemandes. Il en fallait davantage pour effrayer les cavaliers et faire baisser leurs sabres. Ils chargèrent en dignes héritiers des dragons de Caulaincourt à Austerlitz. Le lieutenant-colonel tomba aussitôt, tué par une balle en plein front, son cheval mort sous lui. Le capitaine Hayem prit alors la tête du régiment et se porta résolument en avant. Il dépassa les deux compagnies d'infanterie allemandes juchées sur le talus qui leur faisait face. Les feux des mitrailleuses allemandes se croisaient sur la route. Émile reçut une balle qui lui fracassa la jambe gauche à la hauteur du genou. Le soldat alsacien Klinger, qui rapportera la scène à Henry en 1919, se précipita et trouva le capitaine étendu sur la route, la jambe prise sous son cheval tué. Il le dégagea avec précaution et le porta sur le bas-côté. Émile perdait son sang avec abondance. Il demanda à boire. Klinger prit sa gourde et lui offrit du café. Le capitaine Émile Hayem rendit son dernier soupir environ dix minutes après. Le Rhin était redevenu « gaulois », grâce à lui et au sacrifice de tant d'autres.

Après le copieux repas arrosé des meilleurs vins de Bordeaux, dont un excellent margaux 1917, la famille passa au salon. Julien demanda à ses quinze petits-enfants de s'asseoir autour de lui. En un instant, ce fut comme une nuée joyeuse dans la grande pièce, tous se rapprochèrent de cet aïeul à la voix douce, aux grands yeux bleus, profonds et tristes. Ils l'écoutaient toujours avec attention, lui qui aimait tant raconter les rencontres politiques et artistiques de sa famille. Son frère Charles, protecteur de Gustave Moreau, avait été un des premiers soutiens des impressionnistes. Son frère Armand avait été un des mécènes et meilleur ami de Barbey d'Aurevilly. Malgré le caractère licencieux de l'ouvrage, Julien avait offert à tous ses petits-enfants *Les Diaboliques*.

Aujourd'hui, il souhaitait partager avec la nouvelle génération, l'histoire du Panthéon, ce bâtiment illustre aux origines si souvent méconnues. Jusqu'à l'érection de la tour Eiffel, ce fut la construction la plus élevée de Paris. L'architecture imposante s'inspire du Panthéon de Rome pour la façade et du tempietto de San Pietro in Montorio pour le dôme. Devenue temple républicain, cette basilique fut complétée d'un fronton placé au-dessus des colonnes corinthiennes et modifié à quatre reprises. Dans sa dernière version de 1837, la Patrie en son centre est entourée de la Liberté et de l'Histoire pour distribuer des couronnes aux hommes qu'elle honore ; à droite, les personnalités civiles de la politique, des sciences, les philosophes, les écrivains et les artistes ; à gauche, les forces armées de Bonaparte, grognards de la garde comme étudiants des écoles militaires.

Depuis plus d'un siècle, l'église devenue temple républicain était restée liée à leur histoire familiale.

Julien regarda chacun de ses petits-enfants, il ne pouvait rêver meilleur public.

– En ce jour d'hommage au Panthéon, je tiens à vous raconter l'acte de bravoure d'un médecin qui vécut il y a près de deux cents ans et fut injustement oublié par l'histoire. Lui aussi s'illustra pour la défense de la France et eut un lien très particulier avec notre temple républicain.

Une petite-fille de Julien, Anne-Marie Klotz, une charmante jeune femme de vingt-trois ans, au regard bleu-gris comme lui, aux pommettes hautes et aux cheveux clairs coiffés en bob selon la mode de l'époque, fronça les sourcils. Pourquoi « en ce jour » remonter au lointain XVIIIe siècle, qui plus est pour évoquer un sujet aussi barbant que la médecine ? Mais, bon, grand-père avait toujours de bonnes raisons et un fabuleux talent de conteur… Anne-Marie se cala dans un fauteuil, bientôt happée par la voix grave et mélodieuse de Julien.

2

Metz, 4 août 1744

Louis XV était jeune et bel homme, grand pour son époque, cinq pieds neuf pouces[1], la taille cambrée, le maintien droit. Il appréciait l'exercice physique, particulièrement la chasse à courre et sa meute de chiens. Érudit, il aimait se plonger dans les nombreux ouvrages de sa bibliothèque. Les sciences l'attiraient davantage que les lettres, surtout l'astronomie et la médecine. Il s'intéressait à la botanique et à la géographie. Successeur de son arrière-grand-père Louis XIV et devenu roi à l'âge de douze ans, il régnait depuis vingt-deux ans. Sur une liste de cent princesses à marier, on lui avait choisi une Polonaise de sept ans son aînée, Marie Leszczynska, fille du roi détrôné Stanislas.

1. Un mètre soixante-dix-sept.

Follement amoureuse, elle lui avait donné dix enfants.

En 1733, l'intervention de la France dans la guerre de succession de la Pologne contre l'Autriche n'avait pu rétablir Stanislas sur le trône. Mais grâce à l'habile Premier ministre, le cardinal de Fleury, on avait rattaché les duchés de Lorraine et de Bar au royaume. Par le traité de Vienne, la Lorraine et le Barrois furent attribués à Stanislas en compensation de la perte du trône de Pologne. Celui-ci en confia l'intendance à un gouverneur nommé par la France. Louis XV s'allia à la Prusse et se lança dans une guerre contre l'Autriche, l'Angleterre et la Hollande. Pendant ce conflit, qui dura sept ans, Louis XV séjourna à Metz, en route pour diriger ses armées immobilisées en Alsace, les troupes de l'Empire austro-hongrois ayant envahi la région et menaçant la Lorraine.

Son arrivée à Metz le 4 août 1744 au matin fut fêtée avec enthousiasme. Soixante et un ans que la ville n'avait pas été visitée par son roi; rattachée à la couronne de France depuis 1561, elle avait vu défiler dans ses rues Charles IX, Henri IV, Louis XIII et Louis XIV. La citadelle de l'Est se devait d'accueillir dignement Louis XV avec des feux d'artifice tirés à l'entrée de la ville à Moulins-lès-Metz.

Le maréchal de Belle-Isle, gouverneur des Trois-Évêchés, qui commandait les troupes et conduisait la guerre, attendait le souverain avec le premier échevin, qui lui remettrait les clés de la cité. Louis XV était accompagné de ses lieutenants, le comte d'Argenson, secrétaire d'État à la Guerre, le comte de Noailles, maréchal de France, le duc de Villeroy, et de ses amis, mais aussi de son grand aumônier, l'évêque de Soissons, fils de Jacques Fitz-James, duc de Berwick.

Le maréchal de Belle-Isle éprouvait de la fierté à accueillir le roi. Lui, le fils d'un simple marquis, issu d'une famille déchue et honnie, s'était hissé parmi les plus fameux serviteurs du royaume. À bientôt soixante ans, il portait encore beau. Monté sur son cheval blanc, il rutilait dans son habit de cérémonie en velours bleu roi brodé d'or.

De son vrai nom Charles-Louis-Auguste Fouquet, Belle-Isle était le petit-fils de Nicolas Fouquet, le surintendant de Louis XIV, qui, accusé de péculat et de lèse-majesté après avoir fait construire le château si convoité de Vaux-le-Vicomte, avait fini sa vie en prison. Le petit-fils n'avait retrouvé grâce aux yeux de Louis XIV puis du régent que par ses nombreuses victoires dans les guerres de Flandre et d'Espagne. Gagnant la confiance du jeune Louis XV, il s'était fait nommer dix-sept ans auparavant au poste stratégique de gouverneur des Trois-Évêchés, avec pour mission de garder la frontière et de renforcer la garnison de Metz. Sa diplomatie avait permis le rattachement des duchés de Bar et de Lorraine au royaume. Le roi l'avait élevé au rang de duc de Belle-Isle, duc de Gisors, puis à la dignité de maréchal de France. Après un siège audacieux, il avait conquis Prague en 1742 ; bientôt contraint de l'abandonner, il avait cependant sauvé ses troupes d'une capitulation.

Conscient de la fragilité de sa position face à un roi si peu politique qui ne vibrait que pour ses chasses, ses meutes et ses maîtresses, le pair de France Belle-Isle avait organisé cette visite pour affermir son état. En quinze jours, il avait tout préparé, les colonnes décoratives, les parades des troupes, le logement des maîtresses. La belle duchesse de Châteauroux, née Marie-Anne de Mailly-Nesle, serrait de près le roi depuis qu'il guerroyait contre les Anglais et les Autrichiens. Sa sœur Diane-Adélaïde, duchesse de Lauraguais, les accompagnait. Elle jouissait, elle aussi, du privilège des faveurs de la couche royale – comme pourraient s'en targuer quatre des cinq filles Mailly-Nesle.

Le roi fut reçu à la cathédrale par l'évêque de Metz. Claude-Charles de Saint-Simon portait le nom de son cousin, l'illustre duc, sans en avoir ni l'esprit ni la diplomatie. Évêque de Metz depuis dix ans, il prétendait au titre d'altesse en arguant des droits régaliens des princes du Saint Empire romain germanique ayant occupé l'évêché avant lui. Belle-Isle, qui n'aimait pas les dévots, s'y était opposé. Le parlement municipal l'avait suivi et avait interdit à l'évêque la qualité de prince de Metz. Blessé, Saint-Simon gardait une sombre rancune à l'égard du gouverneur, qu'il soupçonnait de jansénisme. Avec son long nez bosselé et légèrement tordu, des yeux bas et sans âme, une bouche figée dans un rictus dédaigneux, l'évêque était la risée de tous, là où Belle-Isle avait conquis les cœurs, y compris ceux de l'importante communauté juive, qui représentait un quinzième de la population.

Le roi se rendit ensuite à la Maison du Roy ou hôtel du gouverneur où il demeura au premier étage, dans la plus grande chambre avec vue sur l'abbaye de Saint-Arnoult, où se trouvait la longiligne maison à deux étages du président de Montholon. On logea dans cette demeure la duchesse de Châteauroux et sa sœur. Belle-Isle, qui veillait en tout point au confort du roi, avait fait installer une passerelle en bois entre les deux bâtiments. Enjambant la rue de la Garde, l'ouvrage permettrait officiellement à Louis d'aller prier en l'abbaye, mais surtout de rejoindre ces dames, sans être vu, ni sortir du palais. Il le franchirait dès ce soir, pour se plonger dans une de ces nuits de débauche qu'il affectionnait avec ces deux sœurs si dissemblables mais si harmonieuses dans une couche.

Le 5 août après le lever du roi, Belle-Isle lui présenta ses hommages.

– Sire, j'espère que l'accueil de mes bons Messins vous aura démontré leur attachement à Votre Majesté et à notre royaume.

– Belle-Isle, je vous félicite pour ces festivités, ces nombreuses décorations, cette ferveur populaire et la très bonne tenue de la garnison. J'y vois la parfaite alliance de vos talents de soldat, d'habile diplomate et de grand seigneur. Je me réjouis de l'accueil, mais surtout de votre emprise sur la ville et cette belle province, essentielle en ces temps de guerre contre les Autrichiens. Je voulais aussi vous remercier de l'ingénieuse passerelle qui m'a permis d'aller prier à l'abbaye de Saint-Arnoult toute la nuit. C'est une aimable attention alliée à un subtil stratagème.

Décidément, il avait bien fait de le nommer maréchal !

– Sire, répondit Belle-Isle en réprimant un sourire, vos paroles trop élogieuses m'honorent et je suis votre dévoué serviteur. Si vous me le permettez, je voudrais vous faire part d'une requête de certains de mes administrés. Elle pourra vous paraître étrange...

– Faites.

– Contrairement au royaume de France, et pour des raisons historiques, Metz possède une importante communauté de Juifs. Celle-ci vivait en Lorraine quand la France a conquis ses trois évêchés au XVIe siècle. Vos aïeux ont maintenu leurs droits et des lettres patentes les ont acceptés en ville en 1595. Ils se révèlent essentiels dans le commerce des grains, des foins et des chevaux. Leurs nombreuses relations avec leurs coreligionnaires des principautés allemandes leur permettent de fournir rapidement notre importante garnison. Comme Votre Majesté le sait, ils nous ravitaillèrent en chevaux pendant la guerre de succession d'Espagne. Votre aïeul leur en fut reconnaissant.

– Je le sais, Belle-Isle, les Juifs peuvent parfois se rendre utiles.

– Sire, apprenant l'honneur de votre présence à Metz, leurs syndics, c'est-à-dire leurs dirigeants, et leur grand rabbin sont venus me trouver. Ils souhaitent vous présenter une cavalcade et un char de triomphe en votre honneur. Puis-je leur en donner l'autorisation ?

– Une cavalcade de Juifs, je veux bien voir cela ! s'esclaffa le roi. D'ailleurs, je connais mal ces énergumènes. Je n'en ai jamais vu, ou si peu, et de très loin. Ils sont interdits à Versailles et à Paris depuis que nos bons rois Philippe le Bel et Charles VI le Fol les ont chassés du royaume.

– Beaucoup trouvèrent refuge en Lorraine et à Metz qui ne dépendait pas alors de la couronne de France, précisa Belle-Isle.

– Je sais, je sais... Grand bien leur fasse, à ces assassins de Notre-Seigneur, apostats, usuriers, empoisonneurs de puits ! Et depuis quand savent-ils monter à cheval, ces descendants d'un grand peuple devenu une race maudite ?

Belle-Isle étouffa un soupir, chaque fois qu'il évoquait « ses » Juifs, qu'il avait appris à connaître et apprécier, on lui opposait d'immémoriales caricatures.

– Sire, voilà une occasion de vous montrer un autre visage de certains de vos bons sujets, même s'ils n'ont pas les droits et les devoirs des citoyens de votre royaume.

Louis réfléchit. Quel peuple pourtant ! D'une antique et grande sagesse, mais dévoyée pour s'être aveuglée sur le message de la sainte Croix, une faute qui les condamnait à la déchéance et à l'errance. Enfin, cela le changerait des défilés militaires et messes en son honneur. Il s'amuserait peut-être et cela distrairait ses dames.

– Belle-Isle, c'est entendu. Dites à vos Juifs qu'ils pourront défiler en mon honneur demain à midi. Je garderai toutefois une certaine distance, en les regardant de mon balcon. Je vous demanderai de rester à mes côtés, pour me commenter leurs singeries.

– Bien, Sire.

Belle-Isle salua et sortit. Il fit porter un mot au premier syndic Trenel et au grand rabbin Eybeschutz dont il appréciait l'intelligence et le savoir. Il avait appris à connaître cet érudit, respecté dans l'Europe entière lors de la conquête de Prague, où celui-ci officiait alors.

3

En 1744, la communauté juive de Metz, la plus importante de France, souhaitait montrer sa fidélité au royaume. Installés en Lorraine dès le Ier siècle, les Juifs arrivés comme légionnaires de Rome avaient reçu des terres, avant de prospérer au VIIIe et au IXe siècle. Un des plus sages et célébrés rabbins du Moyen Âge, Guershom Meor Hagola, était né à Metz en 960.

Par récits de génération en génération, la communauté messine se rappelait avec émotion la première visite du roi Louis XIV, alors âgé de dix-neuf ans, accompagné de sa mère et de son frère, le duc d'Anjou. Ils avaient tenu à visiter la synagogue de Metz pour le premier jour de la fête de Soukkot[1], le 23 septembre 1657. Le lendemain,

1. Soukkot ou la « fête des Cabanes » est l'une des trois fêtes de pèlerinage prescrites par la Torah, au cours de laquelle on célèbre

le comte de Brienne avait exprimé la satisfaction du roi et confirmé la signature des lettres patentes étendant sa protection sur ces dévoués sujets.

Dès le 5 août après-midi, un billet prévint les Juifs de Metz que Sa Majesté le roi Louis XV daignait accepter leur requête. Il ne restait que quelques heures pour peaufiner la cavalcade et le char de triomphe, attendus le lendemain à midi.

Pour la première fois depuis près de quatre cents ans, des Juifs de France défileraient devant leur roi, mais aussi devant les principaux nobles du royaume et tous les notables messins qui leur cherchaient si souvent querelle.

À l'heure dite, ils entrèrent dans la cour du château. Le grand rabbin et les syndics, tous à pied, en habit et manteau de soie noire à rabats blancs, marchaient en tête deux à deux.

Entouré de sa cour, le roi occupait le balcon du premier étage du palais face au porche. Le fidèle duc de Villeroy se trouvait à sa gauche et son dévoué ami le duc de Richelieu, protecteur de sa maîtresse la duchesse de Châteauroux, devisait avec elle derrière lui. Le roi se pencha vers Belle-Isle qu'il avait placé à sa droite.

– Ah ! les voilà donc, vos Juifs ! Quel est donc cet étrange personnage à la grande barbe blanche et au long chapeau de fourrure ?

---

l'assistance divine reçue par les enfants d'Israël lors de l'Exode et la récolte qui marque la fin du cycle agricole annuel.

– Sire, c'est leur grand prêtre, le grand rabbin de Metz, Jonathan Eybeschutz, qui m'avait été présenté à Prague. Il est célèbre dans toute l'Europe pour ses commentaires très érudits de la Bible.

– Et ceux qui portent une robe de soie noire ?

– Les syndics, Votre Majesté. Comme j'ai eu l'honneur de vous le rappeler, ce sont les dirigeants de ce peuple. Ils sont élus et disposent des pouvoirs de police, de justice et de levée de l'impôt auprès des leurs. Vous pouvez constater qu'ils sont généralement vénérables. Pour être élu, il leur faut être marié depuis au moins trente-deux ans. Ce sont mes interlocuteurs. Je ne peux que me féliciter de leur sérieux et efficacité.

Deux vieillards à cheval en habit de velours noir, veste de drap d'or, l'épée à la main, apparurent, précédant trois hautbois en velours rouge. Quarante autres à longue barbe blanche suivaient, en habit noir, vêtus des manteaux de cérémonie pour les jours de Soukkot et coiffés d'un chapeau plat à rabat blanc, marchant du même pas que les syndics.

Le roi s'absorba dans l'étonnant spectacle. Soudain, à sa surprise, apparut une troupe de cavaliers de la plus belle facture. Une première compagnie à cheval entra dans la cour du château. Elle se composait de deux trompettes en habit rouge, d'autant d'officiers en habit de velours noir et veste de drap d'or, et de quarante hommes en damas noir, manteau de soie noire, portant un large ruban jaune en bandoulière, où était attachée une cartouche figurant les armes de France et de Navarre avec l'inscription « Vive le roi ». Leurs chapeaux sans bord s'ornaient d'un ruban bleu et blanc. Les housses des chevaux et les chapeaux présentaient le même drap écarlate bordé d'un galon d'or.

Le roi se pencha de nouveau vers Belle-Isle.

– Vous aviez raison, je suis agréablement surpris par cette troupe disciplinée, si bien mise, défilant d'un pas majestueux en me rappelant sa fidélité. Pourquoi portent-ils en cocarde et à leurs rubans ces couleurs de bleu azur et de blanc ?

– Sire, votre plaisir me comble. Ces Juifs font honneur à mon évêché. Le bleu et le blanc sont de coutume les couleurs de leurs châles de prière.

Une compagnie suivait, pareille à la première, mais précédée d'un seul trompette.

Les chantres de la synagogue marchaient ensuite, entonnant des chants en hébreu devant le char de triomphe tiré par quatre grands chevaux de carrosse. Il était conduit par un cocher en habit écarlate et un postillon en veste de drap galonné d'or, en chapeau bordé de même, avec plumet et cocarde, chacun ayant des gants blancs à franges d'or.

Le char était couvert d'un tapis bleu semé de fleurs de lys et de dauphins, orné en son milieu d'une arche en filigrane formée par des grains de corail et de cristal, surmontée d'un coussin de velours cramoisi bordé de galon et de franges d'or, sur lequel était posée une couronne royale d'un bel or; sur les côtés paraissaient les portraits du roi et de la reine, dans des cadres composés là encore de grains de corail et de cristal. À l'avant, on voyait une sirène mouvante; à l'arrière, un étendard représentait un soleil peint, enrichi de broderies et de franges d'or. Sur le contour de l'arche se lisait en lettres d'or « Vive le roi, la reine et monseigneur le dauphin ». Six musiciens et symphonistes, venus d'Allemagne, se tenaient de part et d'autre de l'arche. Enfin, quatre écuyers en habit de velours et veste richement brodée, l'épée à la main et superbement montés, marchaient à côté du char, lequel était suivi d'une troisième compagnie pareille aux premières.

– Belle-Isle, s'exclama le roi, cela est digne de mes plus beaux chars à Versailles. Je suis séduit par tant d'élégance.

Puis il se tourna vers la duchesse, qu'il aimait appeler d'un autre titre:

– Princesse, ma douce, que pensez-vous donc de cette cavalcade de Juifs ?

– Mon prince, si je ne savais pas qu'ils étaient juifs, je les croirais volontiers d'une antique noblesse. Certains sont même beaux hommes, ajouta-t-elle pour émoustiller le roi, qu'elle savait jaloux.

Il ne releva pas, mais en effet certains n'auraient pas déparé à la cour.

– J'ai la même impression, princesse. Nous avons après tout devant nous les descendants des rois David et Salomon. Peut-être retrouveront-ils un jour leur grandeur déchue ? Alors leur errance millénaire pour leur participation à la mort de Notre-Seigneur prendra fin.

Belle-Isle n'en perdait pas un mot. Il avait craint pour sa place en portant la requête des Juifs au roi et s'était inquiété au début du défilé. Mais, décidément, il se louait de la fiabilité de ses Juifs. La parade s'avérait encore plus impressionnante que ce qu'ils lui en avaient décrit.

Deux autres compagnies, chacune de quarante jeunes gens bien moulés, habillés comme les premiers, mais sans bandoulière, fermaient la marche. Tous brandissaient bannières et étendards à la louange du roi. Le char de triomphe se plaça face au roi. Accompagné des six syndics et des vieillards, le grand rabbin s'avança.

Aux premiers mots prononcés par ce dernier, le roi s'étonna.

– Belle-Isle, pourquoi leur rabbin s'exprime-t-il en hébreu ? Ne sait-il donc pas notre langue, votre Juif ?

– Certes, Sire, mais l'hébreu est la langue sainte de ce peuple. Il vous rend ainsi un insigne honneur, car c'est en hébreu qu'il invoque son

Seigneur. Il vous associe à lui. Majesté, comment avez-vous reconnu cette langue ?

– Mon premier confesseur, le lettré abbé Fleury, m'en avait appris quelques rudiments et une de leurs prières.

Le syndic continuait de traduire.

– Notre très puissant grand monarque et seigneur, dont le trône s'appuie sur l'équité et la justice, les Hébreux, vos fidèles sujets se posant à l'ombre de votre protection, tolérés par grâce spéciale dans le royaume que les rois, vos prédécesseurs, et Votre Majesté avez eu en héritage du Seigneur le Dieu d'Israël, se prosternent pour baiser la terre où sont les vestiges de votre grandeur suprême.

Le roi se tourna vers Belle-Isle.

– J'aime à entendre qu'ils considèrent à juste titre que je tiens ma royauté en héritage du Seigneur d'Israël.

– Que le trône de Votre Majesté soit élevé à tel point que les Éthiopiens viennent se prosterner devant lui et que vos ennemis soient réduits à mordre la terre, reprit le syndic. Que tous les rois de l'univers vous soient soumis et toutes les nations assujetties. Nous supplions ce même Dieu qui autrefois envoya son ange pour conduire Josué, lorsqu'il marchait à la défaite des trente et un rois de la Terre promise, de l'envoyer également pour guider les pas de Votre Majesté et l'aider à humilier ses ennemis. Que ce Dieu, qui fit entendre un bruit terrible lorsqu'il accompagna le roi David qui combattait les Philistins, veuille bien accompagner Votre Majesté, qu'il fasse fendre les rues par l'éclat de sa présence et qu'il en fasse sortir la foudre sur la tête de tous vos ennemis.

– Ils me comparent maintenant à leurs meilleurs guerriers, Josué et David, m'en voilà fort aise, fort aise... souffla le roi.

– Qu'enfin ce Dieu, qui pour son ange envoyé au roi Ézéchias a exterminé cent quatre-vingt-cinq mille Assyriens en une nuit, n'épargne aucun de ceux qui ont osé lever le bras contre Votre Majesté. Ce sont, Sire, les vœux que nous formons pour vous en nous prosternant à vos pieds. J'ose vous conjurer pour toute ma nation de vouloir bien continuer de nous protéger.

– Je souhaite, à nos ennemis venus d'Autriche, le même sort qu'aux Assyriens, commenta le roi.

En guise de final, le grand chantre de la synagogue entonna des cantiques et des prières en hébreu et chanta en musique, accompagné de symphonies et de trompettes. Puis la cavalcade sortit de la cour du château dans l'ordre initial, en défilant sous les fenêtres royales. Le roi se tourna vers Villeroy, car il avait envoyé le maréchal de Noailles en éclaireur rejoindre l'armée du Rhin.

– Cher duc, que pensez-vous de cette cavalcade de Juifs en notre royaume ?

– Sire, j'en suis fort impressionné. L'élégance et le maintien de cette troupe sont loin des images que nous formons de cette nation tombée si bas depuis la mort de Notre-Seigneur Christ !

Le roi hocha la tête.

– Je partage vos impressions. Ces Juifs de Metz nous ont rendu un fort bel hommage. Souhaitons que la prière de leur chef à leur Dieu soit entendue.

Suivi de sa cour, le roi se retira du balcon pour aller inspecter les fortifications de la ville.

4

Le docteur Isaïe Cerf Oulman quitta le château où il avait défilé parmi les notables juifs de Metz. Il prit à gauche dans la rue Haute-Pierre, traversa la rue de la Garde, où il sourit à la vue en contrebas de la passerelle en bois reliant le premier étage du palais à la maison de l'abbaye de Saint-Arnoult – tout Metz s'en amusait depuis une semaine. Puis il enfila la rue aux Ours. Il allongea le pas pour rejoindre au plus vite l'hôpital de la communauté, où il n'avait pu se rendre ce matin. Évitant les larges verrières de la cathédrale Saint-Étienne, il bifurqua vers la rue du Poid-de-la-Laine et traversa la place de Chambre.

À trente-neuf ans, Isaïe était un bel homme, mince, élancé, grand de six pieds [1], toujours élégamment vêtu, avec un chapeau plat à bord noir. Il ne portait pas l'ignoble chapeau jaune, on avait

1. Un mètre quatre-vingts.

enfin levé à Metz l'obligation faite aux Juifs d'arborer ce signe discriminatoire. Il mettait la perruque blanche des notables et ne portait pas de barbe. Il avait le regard doux, de grands yeux profonds en forme d'amande couleur noisette, un nez droit, sous un front dégagé et intelligent, et une bouche sensuelle.

En marchant, Isaïe repensait aux circonstances qui l'avaient mené dans cette ville.

Il était né à Bischheim en Alsace, en France, en 1705. Son père, le docteur Cerf Isaïe Oulman, né à Metz, diplômé de l'université de Mannheim, exerçait alors l'art de la médecine à Strasbourg. Bien que juif, ce dernier avait ensuite eu l'honneur d'être nommé médecin du prince-électeur du Palatinat, comte palatin de Neubourg, duc de Juliers et duc de Berg, Sa Majesté Charles III Philippe du Palatinat, résidant au château de Mannheim.

Les facultés de médecine du royaume de France étant alors interdites aux non-catholiques, Isaïe avait dû, comme son père, étudier en Allemagne à défaut de sa chère France.

Précoce, diplômé de l'université de Giessen à vingt-deux ans, il avait été cinq ans durant médecin dans diverses villes de France et des principautés allemandes. Tandis qu'il exerçait dans la communauté de Mannheim, un important syndic de Metz, Isaac Spire Lévy, lui avait écrit pour lui proposer un poste dans sa ville. Heureux de retrouver la cité de ses aïeux et son pays, la France, Isaïe avait accepté. Metz était réputée en Europe pour le prestige de ses rabbins, ses écoles talmudiques et son organisation communautaire exemplaire.

À son arrivée à Metz, Isaac Spire Lévy l'avait invité à dîner pour le shabbat en compagnie de ses enfants, son aîné, Moyse, un jeune rabbin prometteur, le cadet, Lion, et ses trois filles, Michelette, Nentié et l'aînée de dix-sept ans, Ève, surnommée affectueusement Hébé en judéo-lorrain. Isaïe avait été ému et honoré de passer le seuil de cette illustre maison proche de la synagogue dans la rue des Juifs et qui portait le nom de son propriétaire, « Isaque Spire ». Âgé de quarante-sept ans, rond et délicat, respecté de tous, Isaac était banquier et syndic, comme son père Jacob Spire Lévy et son grand-père Goudchaux Spire Lévy. Leur aïeul, le grand rabbin Élie Joseph Lévy, descendait du premier rabbin autorisé à Metz à la fin du XVIe siècle. Élie avait épousé une Spire, sa descendance avait ainsi gardé le nom en l'associant à celui si fréquent de Lévy, pour devenir Spire Lévy.

Après le *kiddouch*[1], on avait parlé de l'avenir d'Isaïe à Metz. Selon Isaac, il s'annonçait prometteur, les médecins de la communauté étaient rémunérés par celle-ci. Munis d'un contrat de six ans, ils gagnaient quatre cents livres par an les quatre

1. Prière marquant la sanctification du temps sacré de shabbat.

premières années, au bout desquelles leur étaient aussi versées des indemnités pour les frais. Ils touchaient en plus une somme de cent vingt livres pour le soin des pauvres, qu'ils devaient prendre en charge sans exception. Enfin, ils se faisaient rémunérer par les malades capables de payer, mais selon des tarifs fixés. Ils avaient aussi obligation d'être, à tour de rôle, médecins de l'hôpital pendant une année.

Écoutant distraitement son hôte, Isaïe, jeune veuf, n'avait eu d'yeux que pour Ève, placée en face de lui. Menue, les traits finement sculptés, le regard bleu-gris, de longs cheveux blonds coiffés en tresse, « Hébé » lui paraissait superbe. Elle était modeste et réservée, mais une grande gaieté émanait d'elle. Le shabbat suivant, il demanda la main de sa fille à Isaac. Séduit par l'intelligence vive, les manières d'Isaïe et les origines de sa famille, le syndic accepta. Dans sa jeunesse, il avait connu le père d'Isaïe, qui passait pour l'un des meilleurs médecins d'Europe. L'accord fut d'autant plus facile que, depuis une semaine, son « Hébé » ne parlait plus que du « beau docteur Oulman ».

Vite organisé, le mariage fut célébré par le grand rabbin Jacob Reicher en la synagogue de Metz. En ces jours d'octobre 1732 où s'achevaient les fêtes de Soukkot, les grandes familles de la communauté juive de Metz furent conviées au mariage. Les parents du marié vinrent de Mannheim, avec un présent de la part du prince du Palatinat pour leur fils : un dictionnaire de biologie tiré de sa bibliothèque. Du côté de la mariée, l'émotion était à son comble, on fêtait le mariage de la fille aînée du syndic de la communauté, mais aussi de la petite-fille de Jacob Spire Lévy, lui-même fils du « savant Goudchaux Spire Lévy », descendant du premier rabbin de Metz. Tous s'écartaient respectueusement sur le passage du brave et généreux Jacob. Toute communauté se trouvait rassemblée.

Ève, voilée, et dont la robe était couverte de broderies d'or, marchait vers la teva[1], au bras de son père coiffé d'un chapeau plat à large bord. Le docteur Isaïe Oulman attendait sa promise. À ses côtés, ses parents, ses frères et ses sœurs. Après la bénédiction du grand rabbin Reicher, le marié fit sept fois le tour de sa fiancée, avant de lui passer un bel anneau d'or au doigt et de briser le verre en souvenir de la destruction du Temple. La fête nuptiale avait ravi le quartier juif de Saint-Ferroy, quadrilatère long de trois cents mètres sur à peine cent mètres de large au bord de la Moselle, livré ce jour-là aux musiciens, aux danseurs, à la hora[2] enjouée…

Plongé dans ses souvenirs, Isaïe longea la rivière par la rue Fur-les-Moulins. Il s'arrêta un instant pour admirer, sur l'île de Saulcy, le nouvel hôtel de l'Intendance et la pierre dorée et lumineuse de Jaumont qui resplendissait en ce mois d'août torride.

1. Estrade centrale de la synagogue, où on lit la Torah.
2. Danse traditionnelle des fêtes juives sous forme de rondes.

Il continua par la rue des Cazernes-de-Saint-Pierre et s'arrêta boire à la fontaine à l'entrée de la rue des Juifs, parfois nommée rue de l'Arsenal. Il longea leur maison puis la synagogue toute proche, celle de son mariage, où, chaque shabbat, il se rendait entouré des siens.

Cette simple bâtisse à deux étages n'était accessible que par une porte au sous-sol. Un toit de tuiles plates couvrait sa charpente. Elle donnait sur une placette où se rassemblaient les fidèles les soirs de fête. Une petite synagogue, dite des notables, donnait sur la place, enserrées entre des immeubles de quatre étages, ainsi que l'école. La surpopulation du seul quartier qui leur était autorisé devenait alarmante. À Metz, le nombre de familles juives avait dépassé quatre cents au début du siècle. Le ghetto n'était pas clos, comme certains en Europe, mais borné. Les Juifs ne pouvaient posséder de maison ou loger au-delà de ces limites. Ils ne pouvaient non plus les dépasser les dimanches et les jours de fête catholique.

Isaïe obliqua à gauche vers la Moselle, longea la boucherie des Juifs et arriva enfin à l'hôpital qui donnait sur le quai du Rimport, surnommé le quai des Juifs. Ce long bâtiment de deux étages, financé par la communauté, pouvait accueillir quarante patients. Il y passerait l'après-midi. Demain soir, il célébrerait shabbat, un shabbat rare où toute la ville de Metz fêterait la présence en ses murs de son souverain, le roi Louis XV.

5

Ce vendredi 7 août 1744, le roi a passé les troupes en revue, visité les casernes et l'armurerie près de la porte Saint-Thibault. Satisfait de son séjour lorrain, il s'apprête à rejoindre l'armée du Rhin, où le fidèle Noailles l'attend.

La noblesse et le clergé de Metz organisent à l'hôtel du gouverneur un festin pour célébrer le roi et lui apporter son soutien dans la guerre contre les envahisseurs autrichiens.

Le roi, de bon appétit, débute le repas par deux grands potages de deux chapons vieux et douze pigeons de volière. Il dévore ensuite des perdrix à la sauce espagnole, du poulet gras en pâté grillé, un faisan et du veau. Pour le rôt, il se contente de goûter à la poularde, aux étourneaux et au pigeon. En entremets, il loue le savoir-faire des cuisinières lorraines, dégustant des saucisses, du boudin blanc et un délicieux salpicon. Le roi raffole de ce plat composé de volaille, de gibier, de poisson, de foie gras, de truffe et autres champignons, coupés en petits morceaux et mélangés. Le dîner s'achève par un soufflé au fromage et une bombe glacée royale accompagnée de fruits au sucre cuits et de la violette de Toulouse.

La boisson favorite du roi est le champagne, raison pour laquelle il en avait autorisé la mise en bouteille et le commerce. Lors du passage du cortège royal près d'Épernay, son intendance s'était rendue chez ce bon Nicolas Ruinart pour s'approvisionner de plusieurs caisses de son nectar préféré. Il en but deux bouteilles. Et comme chaque soir, son repas fut accompagné de deux verres de rouge de Moulis pour favoriser la digestion.

Repu et satisfait, le roi salua sa cour, remercia le maréchal et duc de Belle-Isle pour ce séjour et son organisation. Puis il retourna à ses appartements. Sa suite le dévêtit de ses atours d'apparat. Il avait donné rendez-vous aux deux sœurs à 23 heures. Lebel, son fidèle serviteur, le conduirait par la passerelle en bois rejoindre les filles Mailly-Nesle. Pour sa dernière soirée à Metz, Louis se réjouissait de passer la nuit auprès de ces deux femmes si dissemblables d'allure et de manières, mais si talentueuses et imaginatives dans le plaisir de la chair : la duchesse de Châteauroux, vingt-sept ans, grande, distinguée, guindée, et son aînée, plutôt petite, grosse et mal tournée, cynique et rieuse. Le roi adorait les prendre tour à tour. Il passait ainsi de l'aristocratie à la plèbe ou, comme la cour le murmurait derrière son dos, « de la tragédie à la farce ».

La luxure des deux femmes s'aiguisait de leur dernière nuit avec le souverain avant longtemps. Demain, il rejoindrait les frontières et le champ de bataille. Comblé de volupté à l'aube, Louis XV rejoignit par la passerelle de bois ses appartements, où il s'effondra sur son lit.

6

Alors que le roi soupait et festoyait, la famille Spire Lévy s'était rassemblée dans la maison d'Isaac pour célébrer le shabbat. Ils arrivaient de la synagogue vingt mètres plus bas, où pendant l'office la communauté s'était réjouie de la réussite de la cavalcade, comme de l'honneur fait la veille par le roi de remonter leur rue et de passer devant la synagogue. Le gouverneur de Belle-Isle avait complimenté le grand rabbin et les syndics et leur avait exprimé la satisfaction de Louis XV et de sa cour.

Après avoir souhaité *shabbat shalom* et félicité le grand rabbin, Isaïe attendait son beau-frère, rabbin en second, qui saluait les fidèles. Il patientait en compagnie de ses beaux-frères, Bernard Cahen, Moyse Dalsace et Lion Spire Lévy. Les épouses avaient regagné la maison pour veiller au repas. Sur la petite place devant les synagogues, les quatre hommes discutaient avec animation. Tous avaient participé à la cavalcade. Âgé de vingt ans, Lion jubilait d'avoir compté parmi les cavaliers de la première compagnie.

Moyse Spire Lévy les rejoignit, et ils pressèrent le pas vers la maison familiale. Dans cet immeuble étroit de quatre étages vivaient presque tous les enfants d'Isaac. Au rez-de-chaussée, ils avaient obligation de loger un officier de la garnison et son aide de camp. L'année précédente, à la mort d'Isaac, Ève, Isaïe et leurs quatre enfants avaient emménagé au premier étage. Au deuxième étage logeaient Bernard Cahen avec son fils Salomon âgé de quatre ans, deux inconsolables pour avoir perdu un an plus tôt Nentié, leur épouse et mère, morte à vingt-six ans. Au troisième, Michelette et son époux Moyse Dalsace habitaient avec leur fille Merienne, bientôt ils seraient quatre. Au dernier étage, Lion le cadet récemment fiancé à Catherine Lévy vivait encore en célibataire. Enfin, dans la cour, le fidèle serviteur de la famille, Samuel, demeurait avec son épouse Rebbé, la cuisinière. Seul le frère aîné et désormais chef de famille Moyse Spire Lévy possédait sa propre maison, toute proche, à l'entrée du quai du Rimport. Il y avait emménagé après son mariage avec Esther. Ils résidaient là avec leurs trois enfants, un officier de garnison et un couple de domestiques.

Ce soir, ils avaient décidé de se retrouver tous les seize et de célébrer un shabbat de fête en l'honneur de ces jours mémorables pour Metz et ses Juifs. La grande table était dressée d'une nappe blanche brodée, festonnée d'une vaisselle en porcelaine de Lorraine et de verres rapportés d'Italie par leur grand-père Jacob. Depuis le coucher du soleil, deux bougies brillaient dans des bougeoirs en argent. Hébé prononça les prières pour accueillir le shabbat à la flamme des bougies.

Face à son hôte Isaïe, Moyse, le chef de famille de trente-quatre ans, présidait. Il récita le kiddouch, trempa ses lèvres dans le vin sucré et fit passer la coupe en argent. Il rompit le pain de shabbat, le sala et le distribua avec une prière.

Ève, sa sœur Michelette et leur belle-sœur Esther avaient préparé un repas quasi « royal ». On commença par des knepflichs, la soupe préférée des Juifs de Lorraine et d'Alsace, composée de boulettes de farine à base de pain azyme battues avec des œufs et cuites dans un bouillon de poulet et de légumes. Le grand rabbin venu de Prague préférait les nommer « kneidlers ». Knepflichs ou kneidlers, on les avalait en un instant ! Puis les serviteurs apportèrent le pot-au-feu. Pas de shabbat lorrain sans pot-au-feu. Ève s'était rendue dès le lever du jour à la boucherie pour choisir les meilleures côtes découvertes. Elle avait fait ajouter des carottes, des navets, des poireaux, ne laissant à personne le soin de râper du raifort frais comme le lui avait enseigné sa regrettée mère.

Bien qu'âgés d'un à dix ans, les enfants se tenaient relativement sages. Les hommes racontaient leurs exploits. Les femmes évoquaient le roi, si bel homme, passé la veille en fin de journée sous leurs fenêtres, sa tenue, ses succès féminins... Flanqué de Belle-Isle et de ses maréchaux, Louis XV avait inspecté les remparts de Belle-Croix et le retranchement de Guise. Il était entré dans le quartier juif par la porte de Sainte-Barbe. On avait illuminé la rue des Juifs avec des lustres de cristal ou de cuivre suspendus à des arceaux fleuris. Ornées des portraits du roi, de la reine et du dauphin, les maisons avaient été blanchies jusqu'aux arceaux. Les participants de la cavalcade de la veille s'étaient placés dans l'étroite rue tout le long du parcours. Aux fenêtres se massaient femmes, enfants, aïeux. Contrairement à Louis XIV en 1657, Louis XV ne s'était pas arrêté devant la synagogue ornée pour l'occasion d'un portique décoré de motifs religieux.

Légèrement enivré, Lion se permit de commenter le physique et les attraits des deux maîtresses du roi. Ses sœurs et sa belle-sœur rougirent. Mais enhardi par les sourires grivois de ses beaux-frères, il raconta avec verdeur le stratagème de Belle-Isle, la passerelle qui permettait à Sa Majesté très chrétienne d'aller prier toute la nuit avec ferveur à l'abbaye de Saint-Arnoult. Il ajouta qu'à cette heure-ci, le roi devait y accomplir tous ses devoirs.

Son grand frère Moyse l'interrompit, choqué de tels propos devant femmes et enfants. Le repas se conclut par un schaleth, gâteau de pommes à base de pain azyme trempé, d'œufs battus, arrosé d'alcool de mirabelle. On leur servit deux bols de mirabelles, dont c'était la pleine saison. Les hommes achevèrent le festin par un grand verre de liqueur.

Moyse avait attendu pour parler.

En ce jour solennel, il voulait saluer la mémoire de leur père Isaac, disparu l'année précédente. À l'encontre de son père et de son grand-père, il avait préféré le rabbinat à la banque. Il secondait le grand rabbin de Metz, et quand ce dernier officiait dans la grande synagogue, il dirigeait les prières dans la petite, sur la gauche de la placette. Comme sa sœur Ève, il était petit. Ses beaux yeux bleu clair tiraient sur le gris. Sa barbe, ses cheveux, ses papillotes étaient blonds. Issue d'une fameuse famille de rabbins et de syndics messins, les Oulif, sa femme lui avait donné quatre enfants. Hélas, une fièvre avait emporté le petit Nathan à deux ans.

Moyse prit la parole :

– Mon Esther, mes sœurs, mes frères et tous nos enfants, nous sommes réunis pour un saint shabbat particulier. C'est la première fois depuis la dernière visite de Louis XIV que Metz reçoit son roi. C'est aussi la première fois depuis au moins quatre cents ans que des Juifs de France ont l'honneur de défiler devant leur souverain. Ayons ce soir une pensée pour notre père Isaac, notre grand-père Jacob disparu il y a six ans et ma sœur Nentié, l'année dernière.

Il prononça en hébreu les paroles de bénédiction pour les défunts, *yehi zih'ronam barouh'* (« que leur mémoire soit une bénédiction »).

– Notre père Isaac et notre grand-père Jacob qui ont tant défendu la communauté contre les puissants et les jaloux auraient été fiers de cette reconnaissance de notre existence. Jacob avait su résister à Louis XIV afin qu'on ne nous chasse pas une nouvelle fois de France, comme l'y poussaient les dévots. Enhardi pour avoir expulsé les huguenots du royaume, ce parti réservait le même sort aux Juifs. Notre rôle dans le ravitaillement des garnisons de l'Est en chevaux, foin et grains nous a octroyé un répit de quelques années. Sous la Régence, la menace d'expulsion fut écartée, mais en 1715 Jacob ne put s'opposer avec les autres syndics à l'influence du duc de Brancas, l'ami du régent Philippe d'Orléans. Le duc obtint satisfaction d'une demande cent fois rejetée par Louis XIV. Chaque famille juive devait acquitter une taxe de quarante livres. Dès 1718, cette taxe fut forfaitairement portée à vingt mille livres pour l'ensemble de la communauté et transmissible aux héritiers du duc et de la comtesse, en échange d'une protection contre « l'hostilité de la population, notamment des marchands ». S'ajoutant aux impôts royaux et locaux, cette taxe nous étrangle. Nous représentons un quinzième de la population de Metz et payons le cinquième de ses impôts.

Tous hochèrent la tête au rappel de ces combats.

– Je voulais vous lire un passage de l'hommage de notre communauté à notre grand-père Jacob, continua Moyse. « Il a fixé des heures par jour pour étudier la Torah, y voyant l'arbre de la vie... Il avait le courage de se présenter dans les palais, et Dieu lui a su faire trouver grâce aux yeux du roi et des princes pour obtenir l'annulation des arrêts hostiles, des décrets haineux. Il était aimé pour sa bienfaisance à l'égard des pauvres, des riches, des opprimés. Sa maison était constamment ouverte, sa table dressée, couverte de bons mets, surtout pour les disciples de la Torah et pour les messagers de Jérusalem, de Hébron, de Safed. Que ses hôtes fussent d'origine espagnole, polonaise ou allemande, il les recevait avec une égale amabilité. Et en les laissant partir, il ne manquait pas de leur donner un double shekel. »

Tous se rappelèrent cet hommage prononcé par le grand rabbin Falk des années plus tôt.

Moyse poursuivit :

– Chère famille, comme vous le savez, nous sommes français depuis la nuit des temps. Nous pouvons faire remonter notre présence en

France au IXe siècle. Un de nos aïeux était le sage Kalonymos, un halakhiste[1] de renom, poète et conseiller de Charlemagne. Notre famille appartenait à la noblesse de Narbonne, capitale de la Septimanie au temps des Carolingiens. Une descendante de Kalonymos, Leah Bat Shimon, était la mère de notre sage et plus grand talmudiste, Rabbi Schlomo ben Itzchak Tzarfati, plus connu sous le nom de Rachi de Troyes. Il était né à Troyes en Champagne, non loin d'ici, et il mourut dans sa ville en 1105. Rachi fut aussi le premier prosateur en langue française. De nombreux mots du Moyen Âge, à une époque où les érudits n'écrivaient qu'en latin, nous sont venus grâce à lui. Nous sommes les descendants du plus illustre de ses petits-fils, Rabbi Jacob ben Meïr, connu sous le nom de Rabbénou Tam. Il était né à Ramerupt, un village près de Troyes où son père était rabbin. Sa mère était la fille préférée de Rachi. Il prolongea si bien les travaux de Rachi que ses commentaires jalonnent les pages du Talmud à côté de ceux de son grand-père. Notre illustre ascendance française ne s'arrête pas là. Au XIVe siècle, notre aïeul Joseph Hagadol Treves Tzarfati fut rabbin de Marseille, puis de Paris. Le nom de Treves trouve son origine dans Troyes, et Tzarfati, comme vous le savez, signifie « le Français ». Son fils Mattityahu

1. Juriste et interprète de la Loi.

Treves fut grand rabbin de Paris et de France à la fin du XIVe siècle. Il fut protégé par les rois Charles V et Charles VI, mais ne put empêcher l'expulsion des Juifs du royaume en 1394. Il finit en exil en Toscane. Sa descendance généra une lignée de rabbins célèbres en Allemagne, à Nuremberg, Bamberg, Heilbronn, Erfurt et Landau. Au XVIe siècle, notre ancêtre Meïr Katzenellenbogen fut rabbin à Padoue et à Venise. À la fin du XVIe siècle, nous pûmes enfin revenir à Metz nouvellement conquise par Henri II. Notre aïeul Rabbi Lévy devint ainsi le premier rabbin de notre communauté en 1598. Son fils Moïse, son petit-fils Élie furent aussi rabbins de Metz.

Moyse Dalsace interrompit son beau-frère :

– Comment peux-tu affirmer que votre famille descend de nos plus grands sages Kalonymos, Rachi, Tam, Treves, Katzenellebrogen ?

– Ta question est légitime. Il est très rare chez les Juifs de pouvoir, comme pour la noblesse chrétienne, remonter tant de générations. Mais nos talmudistes et rabbins ont laissé des écrits. Des commentaires, des enseignements, des poèmes, où sont contés l'histoire de leur vie, leurs alliances, leurs élèves, leurs enfants. Nous pouvons ainsi remonter à Troyes au XIe siècle, à Narbonne au IXe, voire à Babylone avant.

– Merci Moyse de nous rappeler la lignée de votre famille, intervint Isaïe. Avant de m'unir à ma chère Ève, ton père et ton grand-père m'avaient fait venir pour me conter l'illustre histoire de vos ancêtres de mémoire bénie. Mais pourquoi souhaitais-tu l'évoquer à nouveau ce soir ?

– Isaïe, toi notre cher médecin, hier en défilant à tes côtés devant le roi, je me suis mis à espérer, à rêver du temps où Juifs et chrétiens avant les croisades étaient égaux en droit, avant cette époque honnie de vols, meurtres et expulsions de notre nation du royaume de France.

– Que veux-tu dire ? l'interrompit Isaïe.

– Que le temps d'être enfin reconnus comme des citoyens français à part entière est proche. En ce siècle où souffle un esprit de liberté, nous pourrions nous aussi devenir des sujets du roi libres de nos mouvements, égaux en droit comme en devoir, assurés de développer nos talents et notre sagesse dans les nombreuses professions qui nous sont encore interdites.

– Je ne te savais pas si naïf, répliqua Lion, son jeune frère.

– Ne te moque pas, Lion. Écoute plutôt. L'Église catholique et le parti dévot ne sont plus si puissants. La contestation monte même au sein de la noblesse éclairée. Certains non-Juifs recommencent à nous défendre, comme le maréchal de Belle-Isle hier. Le temps de réclamer nos droits légitimes est arrivé.

Tous furent surpris par ce discours très politique de Moyse, talmudiste érudit si souvent perdu dans ses livres, ses prières et son enseignement.

– Moyse, tu as raison, conclut Isaïe, les temps messianiques de notre liberté retrouvée reviennent peut-être en France. Mais nous devrons combattre pour cela, comme nous l'ont montré tes regrettés père et grand-père. Tu peux compter sur moi.

Ce shabbat si particulier venait de s'achever avec ces mots d'une antique fierté plutôt que ceux des ghettos. Ils se souhaitèrent *shabbat shalom* en prévoyant de se retrouver à la synagogue dès le lendemain.

7

Ce samedi 8 août, le roi appela à l'aide à 5 heures du matin. Il avait rejoint son lit une heure plus tôt après une nuit agitée avec ses deux duchesses. Lebel, le premier de ses serviteurs, accourut, suivi de quatre autres.

Le roi se tordait de douleur. Il gémit, puis cria :

– Mes médecins, je souffre !

Un serviteur se précipita à la recherche du premier médecin, le docteur François Chicoyneau. Âgé de soixante-douze ans, celui-ci dormait encore, alourdi par le souper de la veille arrosé d'un Ruinart dont, comme le roi, il raffolait. Croyant à un nouveau caprice de Sa Majesté, il fit quérir son second le docteur Eustache Marcot, le temps qu'il se prépare. Le sexagénaire Marcot, docteur de la faculté de Montpellier, n'était pas dans ses appartements, mais sûrement chez l'une des servantes dont il avait coutume de s'enticher. À défaut, les serviteurs trouvèrent le premier chirurgien du roi, François Gigot de La Peyronie.

Celui-ci se précipita au chevet de Sa Majesté, heureux d'être le premier à l'examiner. La Peyronie, fils de barbier, avait su gagner la confiance du roi en opérant le dauphin avec succès. Depuis il était devenu écuyer, conseiller, médecin consultant du roi et le favori de Sa Majesté. C'était un homme d'expérience qui servait le souverain depuis plus d'une décennie. Il émanait une certaine élégance de son visage allongé orné d'un nez bosselé et effilé. Ses yeux profonds, légèrement tombants, séduisaient mais un perpétuel rictus rendait sa bouche amère et dénotait son principal défaut, la suffisance. Il avait toujours fière allure dans sa longue robe noire à jabot. Il aimait à montrer son érudition en semant ses sentences d'expressions latines.

Il entra dans la chambre du roi, salua une fois, le roi cria, il salua une seconde fois, le roi cria plus fort :

– Enfin, La Peyronie, à l'aide, ne voyez-vous pas que je souffre !

Ruisselante de fièvre, Sa Majesté se tordait dans son lit. La Peyronie posa sa main sur le front brûlant. Il toucha le ventre dur et spasmé.

– Vite, la purge royale ! Le roi est constipé, et ces humeurs néfastes altèrent sa santé.

Les docteurs de La Vigne de Frécheville et Chomel surgirent avec les clystères.

On déshabilla le roi, le fit s'allonger sur le ventre sur des coussins hauts. Il cria de plus belle. D'une longue seringue en étain, La Peyronie injecta dans l'anus royal une potion dont il avait le secret, un mélange d'émollients et de vermifuges.

– La Peyronie, espèce de pourceau ! hurla le roi. Mon ventre se déchire !

– Sire, j'applique des clystères pour vous soulager des mauvaises humeurs qui altèrent la santé de Votre Majesté.

Le roi s'effondra sur sa couche et se vida sous l'effet du traitement. Les médecins se pressèrent de recueillir les émissions royales dans des soucoupes.

Enfin tiré du lit, messire Chicoyneau, accompagné du docteur Marcot retrouvé dans la couche d'une belle servante de dix-sept ans, avait rejoint la chambre royale où se pressaient maintenant sept médecins et trois chirurgiens. On prélevait, reniflait, inspectait à la loupe les humeurs de Sa Majesté contorsionnée dans son lit souillé. En « gardien de la chambre », le duc de Richelieu entra et mit fin à ce ballet. Il ordonna un bain pour le roi, un change complet de sa personne et de la literie. Il fit sortir toute la faculté de médecine.

L'excitation régnant dans l'antichambre, La Peyronie y vit l'occasion de s'affirmer comme le premier médecin du roi et de supplanter ce gâteux de Chicoyneau, qui l'avait pourtant aidé à obtenir sa charge deux ans plus tôt. Moins sénile que ses rides et sa bouche édentée le laissaient paraître, ce dernier ne fut pas dupe des manœuvres de l'intrigant.

– C'est un cas patent d'atrabile, assena La Peyronie. Le comportement et les excès du roi ont contrarié ses humeurs.

– Que nenni, monsieur le médecin-consultant, contra Chicoyneau. C'est un exemple patent de *bilem* et non une atrabile comme vous le clamez si doctement.

Le docteur Marcot renchérit :

– Le grand docteur Chicoyneau a raison, c'est une bile jaune. J'en examine à l'instant les humeurs prélevées, il n'y a pas de doute, et non une bile noire.

Ne comprenant rien et préférant la clarté, Richelieu les interrogea :

– Quel mal affecte Sa Majesté ? Que pouvez-vous faire pour la soulager ?

– Le roi souffre d'humeurs, il faut le purger et le saigner, s'exclamèrent en chœur les dix médecins.

Ils étaient pour une fois tous d'accord.

Richelieu autorisa alors seulement Chicoyneau, premier médecin, et La Peyronie, premier chirurgien, à se rendre au chevet du roi. Dans la chambre, ce dernier transpirait, livide, le regard fiévreux.

Richelieu se pencha vers lui.

– Sire, comment vous sentez-vous ?

– Très mal Richelieu, murmura le roi. Faites venir Mme de Châteauroux, qu'elle soit à mes côtés.

Richelieu se félicita que les premières pensées du roi allassent à sa favorite et protégée que lui-même avait si finement présentée au roi. L'amour fou de Louis pour Marie-Anne garantissait son influence sur le roi.

– Votre Majesté, j'ai consulté l'ensemble de vos médecins royaux. Vous souffrez d'humeurs noires, il faut purger et saigner, ils sont unanimes.

– Faites donc Richelieu, j'ai confiance en eux. La première purge, bien que douloureuse, m'a soulagé.

– Sire, intervint La Peyronie, nous allons pratiquer une deuxième purge. Je la préconise à base d'émollients complétés d'un opiacé qui plaît tant à Votre Majesté.

Chicoyneau, vert de rage, s'agita.

– Sire, je déconseille l'opiacé, il est constipant et, dans votre état, il faut pouvoir éliminer vos humeurs.

Fatigué de ces querelles et des chicots de Chicoyneau, le roi le renvoya. Il garda à ses côtés La Peyronie qui, le premier à son chevet, l'avait soulagé. Il avait eu l'occasion d'apprécier les vertus de cette purge opiacée en des circonstances plus sensuelles avec les deux sœurs Mailly-Nesle.

Aidé du docteur Chomel, La Peyronie enfonça à nouveau le clystère en étain. Un serviteur avait posé une perruque royale munie d'un orifice pour cacher le siège et l'intimité royale au duc de Richelieu. Cette seconde purge expulsa des matières dures, sèches, telles des crottes de bique, mais le roi se trouvait à peine mieux. La Peyronie l'interrogea : sa constipation datait de son arrivée à Metz, sans que quiconque en eût connaissance. Il décida d'une troisième purge. Ce lavement fit davantage d'effet, mais le roi toujours fiévreux se plaignait d'une forte migraine, d'une douleur à l'estomac, au dos, aux reins et à tous ses membres.

Mme de Châteauroux arriva et se jeta en larmes sur son lit.

– Sire, comme vous semblez souffrir. Votre bonne amie est là, je veille sur vous et prie pour votre prompt rétablissement.

Ému de voir sa maîtresse éplorée, le roi lui baisa la main et le bras puis tenta de dormir. À 14 heures, La Peyronie opta pour une saignée. On ligatura le bras, et muni d'une lancette en forme de fin couteau aiguisé, il délesta Louis XV d'une bonne pinte de sang. Ce sang était noir et bouillant. La Peyronie et Chicoyneau décidèrent alors d'une quatrième purge.

La nuit du 8 au 9 fut mauvaise, la fièvre crût, les douleurs continuèrent.

Au matin, La Peyronie donna au roi six gros sels de Glauber et deux onces de manne fondue dans un verre d'eau. Il avala un autre verre d'eau avec un grain de tartre émétique. Sa Majesté vomit plusieurs fois, mais seulement de l'eau. Il fut purgé plus de dix fois dans la matinée.

Dans l'après-midi, il reçut un lavement d'eau et d'huile d'amande douce. La fièvre et les symptômes ne s'estompant pas, on lui fit une grosse saignée du pied.

8

Les duchesses de Châteauroux et de Lauraguais patientaient dans l'antichambre, ne permettant les visites au roi qu'à leur protecteur Richelieu, aux médecins et aux servants.

– Je crains pour la vie de mon cher et tendre, dit la duchesse de Châteauroux à sa sœur. Penses-tu que nous soyons responsables de son état, après cette nuit de tendresse que nous lui avons prodiguée ?

– Ne t'inquiète pas, ma sœur, répliqua la duchesse de Lauraguais en souriant. Notre Majesté nous a comblées toutes deux et nous lui avons donné tant de plaisir que, s'il doit mourir, il sera mort de ce qu'il aime, de nos corps à lui enlacés.

– Silence, on pourrait nous entendre. Cet affreux évêque de Soissons, le duc de Fitz-James, rôde et souhaite notre chute. Ne donnons pas des armes au parti des dévots.

Diane-Adélaïde s'esclaffa.

– Laisse-moi une nuit avec ton Fitz-James, et les dévotions, c'est à moi qu'il les rendra.

Accoutumée aux saillies de sa sœur, Marie-Anne trouvait qu'elle minimisait le danger des dévots. Elle savait les menées de l'évêque. Et malgré son pouvoir sur le roi, elle n'avait pu éloigner son ennemi implacable, Maurepas, le secrétaire d'État à la Marine, qui l'avait jadis chassée de chez elle. Louis était influençable. Comme souvent chez les rois, il craignait la maladie et la mort. Les prêtres en profitaient pour gagner en influence. Elle empêcherait par tout moyen l'évêque de Soissons comme Maurepas de s'approcher de son tendre aimé.

La nuit du 9 au 10 août fut moins agitée. Sa Majesté parut plus tranquille dans la journée. On lui donna des remèdes adoucissants, du bouillon de poulet, une légère limonade.

L'espoir revenait à sa cour et dans Metz où la maladie royale affligeait la population. On priait dans les églises comme à la synagogue.

La duchesse de Châteauroux passa une partie de la journée du 10 auprès du roi alité. Elle lui lut des poésies et des pièces de théâtre.

Mais la fièvre se fit plus forte dans la nuit du 10 au 11. Le roi dormit peu et fut purgé à 6 heures du matin, malgré les protestations de Marcot. On lui donna les mêmes remèdes. Les migraines et les crampes d'estomac redoublèrent.

À l'heure de la messe, le roi se vida d'une bile jaune. Le soir la fièvre flamba. La Peyronie décida d'une seconde saignée au pied, suivie comme à l'ordinaire du bouillon de poulet et de limonade. Marcot s'inquiétait de la faiblesse de son maître le premier médecin du roi, Chicoyneau, qui donnait carte blanche à ce boucher de La Peyronie.

Il alla trouver le gouverneur Belle-Isle, qui commençait aussi à craindre pour la vie du roi sans pouvoir s'en mêler. La guerre à ses portes et le ravitaillement de l'armée d'Alsace occupaient tout son temps. Belle-Isle indiqua à Marcot les meilleurs médecins messins, les docteurs Castera et Mangin. Il recommanda aussi de faire venir le docteur Joseph Hélian, médecin-major à l'hôpital militaire, mais seul, car il était le rival des deux derniers.

Marcot obtint de Richelieu que celui-ci imposât à La Peyronie l'avis de ses confrères. Mais le premier chirurgien leur refusa l'accès au roi, se contentant de les recevoir. Il leur décrivit en détail les humeurs et troubles de Sa Majesté, et leur détailla les différentes purges et saignées. De son côté, Chicoyneau expliqua la nature des médecines administrées. Éblouis par tant d'érudition et de soins complexes, Castera et Mangin les approuvèrent et recommandèrent de continuer les boissons à l'ordinaire. Consterné par ces deux sots abusés par les latinismes et les rubans des médecins du roi, Marcot décida d'appeler le médecin militaire, Hélian.

9

À son entrée dans l'hôtel du gouverneur, le docteur Hélian fut comme chaque fois surpris du luxe et des draperies, le décor le changeait des champs de bataille et du casernement. Marcot lui parut un brave homme, doté d'un solide bon sens paysan à défaut de lumières médicales. Pour vaincre les hémorragies à la guerre, Hélian s'opposait aux saignées, trop souvent mortelles sur un corps affaibli.

Après sa discussion avec Marcot, il se souvint d'un cas similaire à l'hôpital militaire. Un capitaine d'artillerie se vidait, la fièvre ne baissait pas, il se mourait. Sur les conseils d'un jeune docteur, il avait consulté le médecin connu sous le nom d'Isaïe Cerf Oulman, dont la réputation dépassait les limites de sa communauté. Depuis quelques années, les médecins juifs formés dans les facultés allemandes avaient obtenu du gouverneur le droit de soigner des catholiques. Des nobles les avaient consultés, même Belle-Isle, et tous s'en félicitaient. Hélian avait fait venir cet homme à son hôpital. Il parlait un français parfait, au contraire de ses coreligionnaires de la région, à l'accent épaissi par les sons gutturaux du judéo-lorrain ou de l'allemand. Les explications de cet Oulman l'avaient frappé : « Bien que n'ayant, comme tous les Juifs, pas la chance de pouvoir prétendre à ce beau titre de Français, je suis de France, né en France, de père et de mère nés en France, et ce depuis de nombreux siècles. » Cette franchise avait frappé Hélian, lui qui connaissait si peu les Juifs, ce peuple « perfide et déicide » comme le lui avaient martelé ses maîtres à l'église. Mais ses campagnes en pays étrangers lui avaient appris à se fier à son jugement plutôt qu'aux prêches de dévots hypocrites. Il avait donc conduit Isaïe Oulman auprès de son capitaine d'artillerie mourant. À sa grande surprise, le médecin s'était lavé les mains avant de dénuder le capitaine et de lui palper le corps. Au niveau du ventre, le capitaine avait gémi, demandé qui était ce manant qui osait le toucher. Hélian s'était gardé de lui dire que le médecin était juif, de peur d'essuyer un coup du pistolet que le capitaine gardait toujours près de lui.

Isaïe Oulman avait diagnostiqué au grabataire une dysenterie aiguë, sûrement due à une viande avariée ou mal cuite. Selon lui, il ne fallait pas purger le malade, qui le faisait naturellement. La purge ne pouvait que l'affaiblir, de même que la saignée dont usait à l'excès la médecine française. Un malade de dysenterie ne pouvait se nourrir ; en se vidant, il s'affaiblissait ; en le saignant, on le tuait comme un poulet. Retourné à son hôpital, le docteur Oulman en était revenu avec trois fioles. La première renfermait un puissant émétique qui le ferait vomir. Il fallait ensuite laisser le malade se reposer quelques heures, lui faire boire abondamment de l'eau de source, le laver, changer son linge et sa couche. Ensuite lui administrer la deuxième, et enfin la troisième fiole au bout de douze heures. Trois jours plus tard, Hélian avait fait mander Oulman à l'hôpital militaire : le capitaine exigeait des poulardes et du lièvre arrosés de champagne d'Épernay ! « *Baroukh Hachem* », avait lancé Oulman, avant d'expliquer qu'il s'agissait d'un remerciement à l'Éternel, quand une action complexe entreprise pour l'honneur réussissait. Les catholiques ne disaient pas autre chose quand ils prononçaient « Dieu soit loué ». La ressemblance de ces prières avait frappé Hélian, qui s'était ensuite enquis de la méthode d'Oulman. « Je lui ai administré trois traitements complémentaires, un pour qu'il élimine toutes les impuretés de son estomac, un autre pour cautériser ses plaies internes, un troisième pour nettoyer de toute impureté son intestin », avait répondu Isaïe.

Remis sur pied, le capitaine n'avait eu de cesse de batailler et d'aller se faire tuer en Flandre lors de la prise de ses canons par ces fourbes d'Autrichiens. Hélian et Oulman continuèrent de se fréquenter, ils aimaient à discuter médecine. Hélian le recevait chez lui autour d'un vin d'Alsace. Isaïe lui expliquait certaines pathologies et leurs traitements, tandis qu'Hélian lui narrait opérations, extractions de balles et amputations. Ils trouvaient aussi des valeurs communes au judaïsme et au christianisme. Hélian découvrit à quel point l'Évangile tirait sa source de l'Ancien Testament, ce que lui avaient caché ses maîtres. Il en fut ému.

Songeur, Hélian marchait vers l'hôpital royal militaire, il comptait s'entretenir avec Mangin, premier médecin de l'établissement, par ailleurs médecin du maréchal de Belle-Isle. De ce qu'il avait entendu et compris, le roi souffrait d'une dysenterie à risque mortel. Il ne voyait qu'un médecin à Metz capable de le guérir, mais jamais un docteur juif ne pourrait approcher la couche royale ! Dans le très catholique royaume de France, où l'on avait expulsé les huguenots soixante ans plus tôt et où on surveillait les jansénistes, un Juif n'était tout au plus qu'un commerçant ou un usurier.

Mangin vit entrer Hélian dans son bureau et cacha mal son agacement. Il le considérait comme un rival dangereux, car bien plus doué. Toujours poudré, perruqué, en habits brodés, affectionnant les souliers de soie, Mangin supportait mal ce médecin militaire, large d'épaules, au franc-parler, vêtu de noir comme un janséniste, qui, disait-on, croyait aux qualités des empiriques[1], ces charlatans de la médecine.

– Hélian, que puis-je faire pour vous ? Mais dépêchez, car à la demande de Son Excellence le premier chirurgien du roi, je suis occupé à sauver Sa Majesté.

Hélian sourit devant tant de fatuité.

– Monsieur le premier médecin militaire, veuillez excuser cette irruption, mais je souhaitais vous consulter justement à ce sujet.

– En quoi cela vous regarde-t-il ? Vous n'avez pas été appelé, contrairement à moi !

– Si, par mon collègue Marcot. Et je souhaitais comparer nos opinions.

Mangin ne cacha pas sa déconvenue. Ainsi ce Marcot de piètre réputation osait consulter en cachette du premier chirurgien.

– Comparer quoi ? lâcha Mangin. Le roi est sauvé et les traitements du premier chirurgien pour cette atrabile répondent aux canons de notre profession. Encore quelques purges et saignées et le roi rejoindra son armée sur le Rhin.

---

1. Terme péjoratif du XVIIIe siècle pour nommer ceux qui soignent à base de potions.

Hélian ne fut pas surpris par la réponse.

– Monsieur le premier médecin militaire, je partage votre avis et celui de notre éminent confrère La Peyronie. Mais si la santé de Sa Majesté périclitait, ne devrions-nous pas envisager d'autres traitements ? Ne pensez-vous pas que cette maladie puisse être une dysenterie ?

– Épargnez-moi les sornettes de vos empiriques et autres charlatans ! Le roi ne peut souffrir d'une maladie de gueux buvant des eaux souillées et mangeant des viandes avariées.

Hélian se retira, convaincu que les brillants chirurgiens des académies de Paris, de Montpellier et de Metz s'appliquaient par leur incurie à tuer le roi.

10

La nuit du 11 au 12 août fut meilleure. Fièvre et douleurs ayant baissé, le roi consomma des bouillons et profita de lavements enrichis de bourrache et de chicorée. Sa cour ne l'avait pas vu depuis quatre jours. L'émoi était à son comble, deux partis s'affrontaient. Au titre de premier gentilhomme, le duc de Richelieu détenait le privilège d'être le maître de la chambre royale. Il en abusait, ne laissait entrer que ses proches. Avec ses gardes et ses servants, Belle-Isle s'en assurait et n'acceptait que Mmes de Châteauroux et de Lauraguais, La Peyronie, Chicoyneau, le fidèle comte d'Argenson, secrétaire d'État à la Guerre, les huit aides de camp, acquis à la maîtresse du roi, et les cinq valets de chambre.

L'autre clan était celui dit du « parti des dévots », outrés par les mœurs du roi et fidèles à la reine. Il comptait le duc de La Rochefoucauld, grand-maître de la garde-robe, le duc de Bouillon, grand chambellan, rejoints par les princes du sang[1], le duc de Chartres et le comte de Clermont.

Le matin du 12, le jeune comte de Clermont, lieutenant général, réussit à forcer la porte de Louis XV, en traitant Richelieu de valet. Il s'inclina devant son royal cousin.

– Sire, je ne puis croire que Votre Majesté veuille priver les princes de votre sang de la satisfaction d'avoir par eux-mêmes des nouvelles de votre santé. Nous ne voulons pas vous importuner, mais nous désirons, par amour pour vous, avoir la liberté d'entrer quelques moments.

Un peu ragaillardi, Louis XV ordonna à ses aides de le laisser seul avec le comte. Ils purent deviser et Clermont demanda au roi de recevoir son confesseur, le père jésuite Pérusseau. Trop faible, peu enclin à se confesser, Louis refusa.

Cette entrée en force enhardit le duc de Fitz-James, qui tentait d'asseoir le pouvoir de l'Église. Il avait hérité du titre ducal de son père, fils naturel du roi Jacques II Stuart, mais renoncé à ses autres dignités pour devenir évêque de Soissons. À trente-cinq ans, il était tout en longueur, d'une maigreur extrême. Un long nez bosselé barrait son visage osseux. Sa bouche fine et sévère s'ourlait d'un rictus de colère permanent. Fervent dévot,

1. Membres de la famille royale.

intrigant et courtisan à proportion, le premier aumônier du roi rêvait de la pourpre cardinalice. Après la visite de son allié Clermont, Fitz-James força lui aussi la porte et demanda à parler seul au roi en préparation de la messe.

– Sire, je suis bien aise de pouvoir enfin apporter à Votre Majesté le soutien de l'Église. La maladie qui affecte si durement Votre Majesté appelle une confession, mais aussi une repentance.

Déjà fatigué de sa conversation avec Clermont, Louis répondit :

– Mon cher premier aumônier, je suis bien aise de vous voir et suis prêt à recevoir le secours de l'Église et la protection de Notre-Seigneur.

Fitz-James n'en espérait pas tant.

– La maladie qui vous frappe, après une nuit dissolue qui a provoqué tant d'émoi dans Metz, représente un châtiment divin.

– Croyez-vous vraiment cela ? demanda Louis, affolé.

– Oui, Sire. Vos ébats avec Mmes de Châteauroux et de Lauraguais sont des péchés gravissimes. Vous souillez vos devoirs très chrétiens, comme votre charge de roi béni de Dieu.

Frappé par la sévérité de son premier aumônier, Louis s'agita de plus en plus. La fièvre et la migraine revenaient.

– Que dois-je donc faire ?

– Vous confesser, Sire, et éloigner de votre cour les deux pécheresses, causes de vos faiblesses, de vos tourments, de vos fautes et de votre maladie.

Les yeux exorbités par la fièvre, le roi se tint coi. Fitz-James, comprenant qu'il n'obtiendrait rien de plus, se retira.

Devinant les intrigues du parti des dévots et sentant la menace, Mme de Châteauroux se porta au chevet du roi. Elle voulut prendre sa main, l'embrasser tendrement, lui faire ses gentillesses accoutumées, mais Louis la repoussa.

– Princesse, je crois que je fais mal, dans mon état, de vous permettre ces caresses.

Elle insista, tenta un baiser. Repris des tremblements de la fièvre, Louis se détourna.

– Il faudra peut-être nous séparer.

– Fort bien, cingla la favorite, d'un ton dont elle avait le secret.

Et elle quitta la chambre.

11

Le jeudi 13 au matin, le roi se réveilla souffrant d'atroces migraines. La Peyronie décida d'une troisième saignée au pied.

– Elle calmera les humeurs et réduira la pression des artères de la tête.

Le premier chirurgien prescrivit du bouillon, des apozèmes[1] avec une potion aigrelette à base d'eau de pourpier, de sirop de limon et d'esprit de vitriol. Rien n'y fit.

L'étiquette avait repris ses droits après la visite de Clermont, la suite du roi se pressait dans l'antichambre. Alarmé de l'échec de ses soins et mesurant les limites de sa science, La Peyronie tint à se protéger auprès du grand chambellan, le duc de Bouillon.

---

1. Décoction ou infusion d'une ou plusieurs substances végétales, à laquelle on ajoute divers médicaments simples ou composés.

Il le trouva dans l'antichambre et le prit à part dans un cabinet.

– Votre Excellence, puis-je vous entretenir de la santé de Sa Majesté ?

– Enfin, répondit Bouillon, ces messieurs de la faculté daignent informer la cour et la suite du roi de la santé de Sa Très Sainte Majesté.

Le premier chirurgien portait son habituelle tenue de travail, une longue robe de soie noire à jabot blanc. Il se sentit soudain ridicule devant ce pair du royaume. Charles-Godefroy de La Tour d'Auvergne, grand chambellan de France, duc de Bouillon, arborait un habit de velours bleu ciel brodé d'or, sous lequel on devinait le cordon rouge de sa charge. Devant cette magnificence, La Peyronie pensa qu'il avait trop négligé le grand chambellan et les autres princes.

– Votre Excellence me reproche à raison mon silence, mais ma présence au chevet de Sa Majesté depuis cinq jours a empêché mes devoirs auprès de la cour. Je prie monsieur le duc de bien vouloir m'en excuser.

Bouillon coupa court aux flagorneries.

– La Peyronie, quand le roi sera-t-il guéri et pourra-t-il rejoindre son armée ?

– Hélas, monsieur le duc, les nouvelles sont terribles, le roi se meurt. C'est sans espoir.

Bouillon perdit son flegme.

– Comment ! Triple buse, tu assassines le roi !

– Oh que non, monseigneur ! J'ai fait tout ce qui était en mon pouvoir. Le premier médecin du roi Chicoyneau a approuvé tous mes actes, ainsi que les huit autres médecins de Sa Majesté. Nous avons consulté les meilleurs docteurs de Metz, qui m'ont appuyé. Le roi se meurt d'une sévère atrabile. Il n'en a que pour deux jours tout au plus. Il faut le confesser. Et c'est à vous, monsieur le duc, en tant que grand chambellan, de le lui annoncer.

Écrasé par la nouvelle et la responsabilité qui lui incombait, le duc ne pipa mot. Face à l'évolution funeste, il envoya son adjoint Champcenetz demander à Louis de recevoir la cour. Le roi, n'ayant plus la force d'imposer Richelieu et sa maîtresse, accepta de faire appeler les princes. Flanqué de ces derniers, le grand chambellan vint à son chevet avant la messe.

– Votre Majesté, si je me réjouis de pouvoir vous présenter mes hommages les plus humbles et, vous le savez, les plus dévoués, ma charge exige de ne point vous cacher la vérité. Votre santé va se dégradant. Il est de votre devoir de roi très chrétien de vous confesser.

Alerté par Mme de Châteauroux et Richelieu que les grands officiers de la Couronne suggéraient cette confession dans le but d'asseoir leur pouvoir et celui de la reine, Louis XV soupira.

– Il n'est pas temps encore.

La cour s'inclina, salua et se retira.

Richelieu prit le bras du roi, lui tâta le pouls et jura sur sa tête et son honneur que Sa Majesté n'avait qu'un léger embarras dans les viscères.

Mais la maladie empirait.

La Peyronie trempa le pied royal dans une bassine d'eau chaude pour le faire gonfler, puis noua une ligature à hauteur du genou. De sa lancette, il perça la veine, reposa le pied dans l'eau pour favoriser l'écoulement, le sécha, appliqua un bandage en étrier. À sa surprise, cette quatrième saignée n'eut aucun effet. Les migraines redoublèrent et le roi défaillit plusieurs fois.

Ayant repris ses esprits, il cria :

– Mon Bouillon, vite le père Pérusseau, mon confesseur ! Adieu, je me meurs, je ne vous reverrai plus.

Le roi se confessa au jésuite puis rappela le duc de Bouillon.

– Vous pouvez me servir, déclara-t-il d'une voix atone mais solennelle. Il n'y aura désormais aucun obstacle. J'ai sacrifié les favorites à la religion et à ce qu'attend l'Église d'un roi très chrétien.

Bouillon se retira pour annoncer sa victoire à l'évêque de Soissons. Le prélat courut dans le cabinet voisin où les deux sœurs attendaient leur sort en compagnie de leur protecteur Richelieu. Passant une tête ébouriffée, le regard brillant, Fitz-James grimaça.

– Mesdames, le roi vous ordonne de vous retirer de chez lui sur-le-champ.

Craignant un revirement, il fit abattre la galerie de bois, symbole infamant de la débauche du roi. Connaissant le caractère faible de son monarque et ami, Richelieu croyait encore pouvoir protéger ces dames. Mais l'évêque de Soissons s'était rendu à la paroisse pour faire fermer les saints tabernacles afin que leur disgrâce soit plus éclatante.

Les deux duchesses quittèrent l'abbaye en larmes et la honte au front.

Pour s'assurer de sa victoire contre les pécheresses, Fitz-James alla auprès du roi et, fort de son autorité religieuse, lui tint ce discours :

– Les lois de l'Église et nos saints canons nous défendent d'apporter le viatique lorsque l'amante est encore dans la ville. Là, il y en a deux. Je prie Votre Majesté de donner des ordres pour leur départ, car il n'y a pas de temps à perdre, Votre Majesté mourra bientôt.

Exténué, terrorisé, le roi accepta tout ce qu'on voulut. Le parti des princes exultait, on ameuta la populace contre les sœurs. Aucun officier n'accepta de leur fournir une voiture. Tous se détournèrent et les renièrent, d'Argenson le premier.

Craignant leur lapidation et se rappelant les services qu'elles lui avaient rendus, le maréchal de Belle-Isle ordonna un carrosse et une escorte.

Ce fin politique savait que faveurs et défaveurs oscillent à la cour. Il devait désormais trouver une maison proche de Metz qui accepterait de loger les proscrites.

En route vers cette première étape de leur exil, ravalant ses pleurs, Marie-Anne se tourna vers sa sœur :

– Diane, notre Louis n'a pu nous bannir ainsi. Il nous aime trop. Il me l'a dit cent fois, et si joliment. Notre disgrâce est orchestrée par ce corbeau de Soissons allié à la reine et à son parti. Nous fuyons, mais sachez qu'une fois Louis guéri, il me reviendra, et je me vengerai de ceux qui ont voulu sa mort, l'ont forcé à se confesser et nous ont chassées, nous duchesses, comme des catins.

– Marie-Anne, je reconnais bien là la tradition de courage et de combat de notre famille de Nesle. Tu as raison, Louis, guéri, nous reviendra. Que pèseront alors ces hypocrites dévots contre nos charmes et nos nuits de volupté ?

12

Ce jeudi 13 dès l'aube, le médecin-major Hélian cherchait à s'enquérir de la santé du roi. Le long de la Moselle, il rencontra le capitaine Picard, aide de camp du maréchal de Belle-Isle.

– Capitaine, je suis bien aise de vous trouver. Puis-je vous demander des nouvelles de Sa Majesté ?

– Major, dit-il en saluant au garde-à-vous. Le roi est à l'agonie, le premier chirurgien tient sa mort pour certaine. On cherche à confesser notre monarque. Des messes pour les agonisants vont être célébrées dans tout le royaume

– Capitaine, en voilà des nouvelles bien tragiques pour notre roi et notre royaume, menacé par l'invasion des Autrichiens déjà en Alsace.

– Vous avez hélas raison. La situation des troupes inquiète le maréchal. Malgré l'arrivée de Noailles, elles tiennent difficilement les lignes.

– Savez-vous quels soins donne-t-on à Sa Majesté ?

– Je suis peu versé en ces choses, mais le maréchal me disait hier à son coucher qu'il trouvait que le premier chirurgien La Peyronie saignait trop notre bon souverain, et qu'à chaque fois celui-ci s'affaiblissait.

– Cet âne exacerbe le mal ! Capitaine, pourriez-vous m'arranger une rencontre privée avec le maréchal ce matin ?

– Le maréchal se rendra à 8 heures à la messe pour la santé du roi, je vais de ce pas l'aider à s'habiller. À 9 heures, il sera avec les princes de sang dans l'antichambre pour le lever du roi. Il restera ensuite au palais du gouverneur pour traiter des affaires militaires et civiles. Présentez-vous à 11 heures, je me fais fort de vous obtenir une entrevue. Le maréchal loue votre expérience et votre sagesse. Mes respects, major.

Il salua et s'éloigna de son long pas de capitaine d'infanterie vers ses fonctions d'aide de camp du maréchal.

Arrivé en hâte chez lui, Hélian fit venir son premier valet.

– Amédée, je veux que vous alliez chez le docteur Oulman, à la maison Isaque Spire dans la rue des Juifs, juste avant la synagogue. Trouvez-le, amenez-le-moi vite et le plus discrètement possible.

Malgré l'heure matinale, le docteur n'était pas chez lui. Son épouse dit à Amédée qu'il se trouvait à la synagogue pour la prière. Il attendit donc sur la placette de la synagogue. Au bout d'un moment, plusieurs Juifs sortirent de l'édifice, l'air grave, certains éplorés. Enfin il entrevit la haute stature du docteur Oulman, sa perruque et son chapeau noir à bord plat, en grande conversation avec celui qui devait être leur grand prêtre, entouré d'autres Juifs perruqués.

Isaïe discutait en effet avec le grand rabbin de Metz et le félicitait pour la beauté de ses prières en vue du prompt rétablissement du roi, protecteur des Juifs de son royaume. D'autant que les Autrichiens menaçaient d'envahir les trois duchés et que les défaites militaires avaient toujours fourni à la populace l'occasion de piller et de massacrer les Juifs.

Moyse Spire Lévy, le beau-frère d'Isaïe, se tourna vers lui :

– Ne peut-on rien entreprendre pour sauver le roi ?

– Cher Moyse, j'ignore son mal, mais ce qu'on me dit de ses soins m'alarme. Son premier chirurgien, comme tout homme de sa profession, ne sait que purger et saigner. Ces pratiques barbares devraient être interdites.

– Ne pourrais-tu pas proposer tes services au roi et le soigner ?

– Moyse, tu es devenu *meshougue*[1] ! Crois-tu que la cour et les médecins royaux acceptent qu'un médecin juif, qui n'a pas le droit d'étudier en France, soigne leur roi chrétien ?

– Tu as bien guéri notre gouverneur d'une maladie secrète quand son premier médecin échouait. Tu peux sauver notre roi.

Les syndics et le grand rabbin approuvaient Moyse. Ils se réuniraient le soir même à la synagogue pour trouver le moyen d'arriver jusqu'au roi.

Le docteur Oulman se dirigea vers son hôpital. Un laquais qu'il avait l'impression de connaître l'aborda.

– Docteur Oulman, je suis Amédée, premier serviteur du major Hélian. Ce dernier vous mande de toute urgence à son domicile.

Isaïe le suivit. Il ne pouvait s'agir que du roi. Hélian habitait entre la cathédrale et le palais. Amédée remonta la rue des Jardins, longea la cathédrale, traversa la place d'Armes, prit la rue de la Vieille-Trappe et tourna dans la rue Derrier-le-Palais où Hélian habitait une maison étroite avant la Nexirue.

– Ah, Oulman enfin ! s'exclama Hélian.

– Cher ami, votre impatience laisse augurer le pire pour l'état du roi.

1. « Fou », en yiddish.

– Hélas. La Peyronie a annoncé hier au grand chambellan la mort imminente de Sa Majesté. Des messes aux agonisants seront célébrées dans le royaume. Il devrait se confesser aujourd'hui et recevoir les saints sacrements par l'évêque de Soissons, son premier aumônier.

Livide et abattu, Oulman regarda Hélian et sortit de sa poche le sermon pour la guérison de Sa Majesté, du grand rabbin Jonathan Eybeschutz.

– Cher confrère, j'ai tardé à répondre à votre aimable invitation car j'étais, comme chaque soir et matin depuis cinq jours, en prière avec mes frères à la synagogue pour la santé de notre souverain. Voici cette prière rédigée par notre rabbin.

Étonné, Hélian prit le texte et lut le premier paragraphe. « Qu'ainsi soit que la volonté de Dieu, le Dieu d'Abraham, d'Isaac et d'Israël, roi de tous les rois et le seigneur des seigneurs, exauce nos prières. Qu'il compatisse à nos malheurs et reçoive dans la plénitude de sa grâce le torrent de nos larmes, car tu es un Dieu le plus rempli de grâces, de bénédiction, de miséricorde. Par le mérite des saints psaumes que nous récitons à présent devant toi, et en considération des versets, mots, lettres et points qu'ils renferment, et par la sainteté de ton divin nom, d'où ils dérivent, suivant le caractère cabaliste, tu auras compassion de nous en envoyant une prompte, assurée et entière guérison à notre très gracieux roi Louis XV, à ses deux cent quarante-huit tant membres que membranes et à ses trois cent soixante-cinq tant veines que muscles et artères, car tu es le très véritable médecin, comme il est dit au psaume 103 versets 3, 4 et 5 : “Tu soulages toutes infirmités, tu délivres le corps de la maladie, tu es couronné de grâce et de miséricorde. Tu adoucis la bouche, tu rajeunis à l'instant comme l'aigle. Répands aussi tes grâces sur sa très puissante et magnifique lignée.” »

Hélian fut frappé de la spiritualité et de la rigueur scientifique du texte. Décidément, plus il côtoyait ces Juifs, plus leur sagesse et leur savoir l'édifiaient.

Ému, il reposa le texte et se tourna vers son ami.

– Cette prière prouve si besoin votre attachement au royaume, à la couronne et au roi. Vous êtes dignes d'être français... Mais revenons à la santé de Sa Majesté.

Oulman fut touché de ces paroles. Son peuple vivait en France, sur ces terres de Lorraine, depuis dix-huit siècles et l'arrivée de ses ancêtres légionnaires romains. Mais rares étaient les chrétiens comme Hélian qui les reconnaissaient comme des Français à part entière.

Hélian demanda à son ami de s'asseoir face à lui dans son bureau. Il avait pris soin de fermer la porte à clef, après avoir ordonné qu'on ne le dérangeât sous aucun prétexte.

– Cher confrère, écoutez-moi bien. Ce que je vais vous narrer restera strictement confidentiel et couvert par tous nos serments.

– Cher docteur, rien de ce que vous direz ou demanderez ne sera divulgué.

– Hier, j'ai rencontré Marcot, second médecin du roi, à sa demande et à celle de Belle-Isle. Il m'a décrit l'état de Sa Majesté, il partage mes craintes sur les traitements. Croyant à une atrabile, La Peyronie a déjà purgé le roi dix fois, sans compter les saignées au bras et au pied. Chicoyneau penche pour une bile jaune, mais ses potions échouent. Je pense plutôt à une dysenterie.

Oulman l'interrompit.

– Cher Hélian, nous réprouvons tous deux la saignée. Si votre diagnostic est juste, elle ne fait qu'affaiblir les défenses du malade.

– Ce fat de La Peyronie est en train de saigner à mort notre cher Louis XV.

– Vous rappelez-vous le capitaine d'artillerie que vous avez retapé avec vos trois fioles ?

– Parfaitement. Ce brave soldat au franc-parler et à la gâchette facile ne sut jamais qu'un médecin juif l'avait sauvé.

– Heureusement pour lui, et pour vous d'ailleurs, car il n'était ni très éclairé ni très tolérant ! Je crains que Sa Majesté ne souffre du même mal.

– Mon bon Hélian, disposez-vous de diagnostics médicaux autres que les rumeurs contradictoires qui circulent en ville ?

Hélian relata les observations de Marcot et revint sur l'emprise de La Peyronie sur le roi et ses docteurs. À la demande d'Isaïe, il énuméra les traitements tentés sur Louis XV depuis cinq jours.

– Vous avez raison, le roi souffre sûrement d'une forme de dysenterie guérissable. Il faut que nous le soignions au plus vite.

– Avec vos trois potions dont vous ne m'avez jamais révélé le secret, le roi retrouverait les mêmes forces que notre bon capitaine. Mais il est hélas impensable qu'un pauvre médecin militaire approche le roi, et encore plus qu'un Juif soigne Sa Majesté très chrétienne.

Oulman en convenait, sans se résoudre à ce que des incompétents assassinent par bêtise un roi si jeune et vaillant.

– Je crois détenir la solution, ajouta Hélian. J'ai demandé à l'aide de camp de Belle-Isle une entrevue à 11 heures. Accompagnez-moi, le gouverneur vous apprécie. Avec son aide, nous sauverons peut-être notre monarque.

13

Pendant ce temps, dans la chambre du roi, Fitz-James en robe d'évêque permettait que le roi fût administré. Ce dernier délirait de plus belle, effrayé par la mort annoncée. Affaibli par les fièvres et les migraines, il s'écria en larmes :

– Monsieur, j'ai effectué ma première communion il y a vingt-deux ans. Je désire en faire une bonne et qu'elle soit la dernière.

Le roi reçut l'eucharistie ; le pain et le vin l'apaisèrent un moment. Puis il reconnut ses fautes.

– Ah, que j'ai été bien indigne jusqu'à ce jour de la royauté ! Un roi qui va paraître devant Dieu a tant de comptes à lui rendre !

Il se redressa de manière convulsive et s'exclama :

– Quel passage terrible !

Le duc de Bouillon sanglota.

– Prenez courage, Bouillon, j'en ai encore beaucoup moi-même.

Les princes assemblés, le duc de Richelieu, l'évêque de Soissons et le confesseur trouvèrent de la grandeur à l'agonisant.

– Il est impie de souhaiter la mort, ajouta le roi, mais si j'avais une grâce à demander à Dieu, ce serait de confier ce royaume à un homme qui le gouvernât mieux que moi !

L'évêque de Soissons profita de cette affliction pour exiger de Louis que ses deux favorites perdent certains privilèges, et leur éloignement de la cour de cinquante lieues. Le roi accepta. L'Église reprenait ses droits, la reine retrouvait sa dignité, le royaume sortait du scandale.

Comprenant sa défaite, et afin de s'écarter de cette cabale de bigots, Richelieu demanda à rejoindre l'armée du Rhin pour y commander une armée comme maréchal. Cela lui fut accordé.

L'évêque fit apporter les saintes huiles et la croix pour l'extrême-onction. Le roi convulsait presque, en proie à la terreur, devant ses fidèles servants horrifiés. Le premier d'entre eux s'écria :

– Notre bon maître va donner à présent son royaume à M. de Fitz-James, s'il le lui demande, pour son salut.

Il ne le lui demanda pas, il exigea bien pire, son humiliation.

Avant d'appliquer les saintes huiles, savourant chaque instant de la vengeance ecclésiale contre ce roi dépravé, le premier aumônier prit la parole :

– Messieurs les princes de sang et vous grands du royaume, le roi nous charge, monseigneur l'évêque de Metz et moi, de vous dire son repentir sincère pour le scandale qu'il a causé en son royaume en vivant comme il l'a fait avec Mme de Châteauroux. Il en demande pardon à Dieu. Sachant qu'elle n'est qu'à trois lieues d'ici, il lui ordonne de se tenir à cinquante lieues au moins de la cour. En outre, il lui ôte la charge de la maison de la dauphine.

Le roi approuva chaque phrase de l'évêque et ajouta dans un râle :

– Et sa sœur aussi !

Sa tête retomba et il s'évanouit.

Les princes se retirèrent sur une victoire totale. On lirait en chaire les confessions de Louis XV lors des messes aux agonisants prochainement célébrées dans toutes les églises de France.

La reine, qui se trouvait encore à Versailles, avait appris le 9 au soir la maladie de son époux. Elle recevait chaque jour les bulletins de d'Argenson et de La Peyronie. Elle hésitait à rejoindre son mari. Mais apprenant la mise au ban des favorites et l'agonie du roi, elle fit atteler deux voitures pour Metz. Le dauphin fit de même. Le royaume priait, le roi mourait.

14

Hélian et Oulman arrivèrent à l'hôtel du gouverneur en empruntant la rue Haute-Pierre. L'aide de camp les guettait.

– Le maréchal est prévenu, il vous attend.

Les deux médecins pénétrèrent dans le vaste bureau du duc de Belle-Isle.

Isaïe admirait le maréchal. Bien que petit-fils du surintendant Fouquet et donc d'une famille disgraciée n'appartenant pas à la noblesse, Belle-Isle avait brillé auprès de Louis XIV, du régent et de Louis XV. Il avait été fervent guerrier, redoutable ambassadeur en Allemagne et dans ses principautés, et c'est devant ce grand seigneur âgé de soixante ans que s'inclinèrent les deux médecins.

Belle-Isle portait son habit de velours bleu argenté brodé d'or. Lors de ces journées tragiques pour le royaume, pour son évêché de Metz, et afin d'honorer son monarque, il arborait ses différents rubans et nombreuses décorations.

Son regard bleu perçant brillait d'intelligence et de fermeté.

– Messieurs de la science et de la médecine, que me vaut votre aimable visite en ces temps de souffrance pour notre bon roi ?

– Monsieur le duc, déclara Hélian, acceptez mes hommages et nos remerciements pour nous recevoir ainsi à l'improviste, mais il en va de la santé de Sa Majesté.

Belle-Isle acquiesça et lui demanda de poursuivre.

– Je crois que Votre Excellence connaît le docteur Isaïe Cerf Oulman, un des trois médecins de la communauté juive de la ville, et par ailleurs mon ami.

– Major Hélian, j'ai eu le plaisir d'être soigné par le docteur Oulman d'une maladie qu'on appelle honteuse. Il a trouvé les onguents curatifs que vos rivaux les docteurs Casseta et Mangin étaient incapables de me fournir.

– Votre Éminence est trop bonne et je l'en remercie, s'exclama Oulman.

Belle-Isle continua :

– Cher docteur, comme j'ai eu le plaisir de vous le dire, j'avais aussi rencontré feu votre père à la cour de mon ami Charles III, le prince-électeur du Palatinat. Celui-ci m'en avait dit le plus grand bien et attribuait sa belle santé à la science du docteur Oulman.

– Monsieur le duc, reprit Hélian, je me suis entretenu hier avec le médecin du roi, Marcot, et suis convaincu qu'au lieu de le soigner, La Peyronie assassine sa Majesté !

– Voilà une accusation bien grave. Faites attention, major, à vos dires, vous parlez du premier chirurgien du roi.

– Il ne mène pas à dessein le roi à la mort, mais par simple incompétence. Ou, pire, par prétention.

Intrigué et appréciant une telle franchise qui confirmait ses craintes, Belle-Isle écouta encore plus attentivement.

– Je crois au diagnostic, reprit Hélian. Je prépare un dictionnaire à ce sujet. Seul le diagnostic permet de découvrir le soin pertinent. La Peyronie n'est pas médecin, mais chirurgien et fils de barbier. Il ne sait que couper et saigner.

Belle-Isle sourit en revoyant les moments où La Peyronie armé de sa lancette se plaisait à inciser le roi.

– Je vous crois, Hélian.

– Je viens prier Votre Excellence de nous frayer à tous deux un passage jusqu'à la chambre de Sa Majesté, afin de l'examiner et lui donner les soins nécessaires à sa survie.

Belle-Isle secoua la tête.

– Les princes de sang et le duc de Bouillon gardent la porte de la chambre depuis le départ de Richelieu. Ils ne jurent que par La Peyronie. De plus, ces maudits évêques de Soissons et de Metz campent en génuflexion au pied de la couche royale en savourant leur vengeance contre les duchesses.

– Attendons la nuit, proposa Hélian. Ces messieurs couchés, vous avez tout pouvoir en votre hôtel et la confiance des serviteurs du roi. Vous nous favoriserez alors un passage jusqu'à lui.

– Certes, répondit Belle-Isle, je pourrais convaincre le premier valet Lebel, qui est à ma main, de vous faire admettre vous, Hélian, dans votre belle tenue de médecin militaire... Mais un médecin juif auprès du roi, c'est inconcevable.

– Votre Éminence, intervint Isaïe, le docteur Hélian m'a rapporté les observations du docteur Marcot. Sa Majesté semble souffrir de dysenterie, non d'une atrabile. Je sais soigner cette maladie. Mais à ce stade avancé, pour le sauver, je devrais le veiller quelques jours.

Le gouverneur fronça les sourcils. Tout savant qu'il fût, un Juif au chevet de Louis XV était impensable, surtout depuis que le parti dévot colonisait la chambre du roi, comme le royaume.

– Un de vos capitaines d'artillerie se mourait à l'hôpital militaire du même mal que notre roi, ajouta Hélian. Oulman l'a sauvé en quelques jours à l'aide de trois potions, alors que je m'apprêtais à le saigner, à le tuer.

Les paroles des deux braves ébranlaient Belle-Isle. Il appréciait ces hommes, si différents des prétendus médecins de la cour, des singes savants qui ânonnaient des sentences latines et passaient leur temps à renifler les humeurs comme dans les si plaisantes pièces de Molière que son grand-père aimait faire jouer à Vaux-le-Vicomte.

– Je comprends vos réticences, avança Oulman. Mais nul ne me connaît à la cour, ni ses princes, ni ses prêtres, ni ses médecins. Faites-moi passer pour un autre, pour un catholique.

Belle-Isle et Hélian échangèrent un sourire. Enfin une idée !

– Oulman, vous me soufflez la solution, elle a pour nom Alexandre de Montcharvaux.

Au cœur de la bataille, comme dans l'intrigue diplomatique, le duc aimait à porter l'estocade. Ce fut le tour des deux médecins de s'étonner.

– Montcharvaux, expliqua Belle-Isle, est un chirurgien-lieutenant à la retraite des régiments d'Alsace. Il jouit d'une honorable réputation, et surtout nul ne connaît son visage ici, à part moi. Arrivé de Strasbourg il y a deux ans, il m'a prévenu de son installation et vit depuis reclus sur ses terres près de Metz. J'ai côtoyé ce brave lors de mes nombreuses campagnes, il m'est acquis.

Belle-Isle appela son aide de camp.

– Picard, sellez votre cheval et filez à cette adresse avec ce billet. Ramenez d'urgence au palais le médecin-lieutenant de Montcharvaux.

Le capitaine parti, le duc demanda aux deux médecins de patienter dans l'antichambre. Il devait s'assurer de la sécurité des duchesses dont la vie était menacée. L'avenir réserve souvent des surprises, le stratège veille à les anticiper. Si le roi venait à guérir des mains du Juif, Sa Majesté saurait se souvenir de la protection du maréchal. Il fallait trouver aux deux sœurs une maison proche de Metz pour la nuit et une escorte sûre pour les conduire sous bonne garde à Paris.

15

Alexandre de Montcharvaux avait passé sa vie sur les champs de bataille d'Europe. Il aimait la camaraderie, les bivouacs, les combats. Il ne se plaisait vraiment que dans sa tente de médecin militaire, quand, en chirurgien des armées, il extrayait une balle, suturait un coup de baïonnette ou amputait un membre déchiqueté par un boulet. À cinquante-cinq ans, après trente ans de guerre et de manœuvres, il avait encore fière et svelte allure. Il aimait la nature, arpenter ses champs et ses bois giboyeux. Avec sa solde et ses rentes de lieutenant retraité, il avait repris la gentilhommière de son oncle mort, sans descendance, sur ses terres à Marly, à deux lieues au sud de Metz. C'était une belle campagne, riche de plus de deux cents arpents de terre.

Le matin du 13 août, alors que le capitaine Picard envoyé par Belle-Isle sautait de sa monture,

Montcharvaux rentrait de la chasse avec ses chiens, la gibecière grosse de trois perdrix, deux beaux coqs, une bécasse et deux lièvres. Marie-Anne, son épouse, et Félicie, leur cuisinière, sauraient les préparer à son goût, fourrés au foie gras, aux truffes et aux girolles de saison. Il arroserait le tout d'un bon bourgogne apporté spécialement de Meursault. Devant la gentilhommière, il avisa le capitaine de fantassins qui l'attendait. Il le salua et décacheta le mot du maréchal.

Lieutenant,

Je vous mande d'urgence en mon palais pour une affaire secrète concernant l'avenir du royaume. Venez toute affaire cessante, comme vous êtes, en tenue de gentilhomme, en revanche jetez dans un sac votre uniforme, vos décorations, votre chapeau et vos bottes de lieutenant de médecine de l'armée du roi.

Votre très dévoué,

Maréchal de Belle-Isle, gouverneur des Trois-Évêchés

Montcharvaux se tourna vers le courrier :

– Mon capitaine, donnez-moi dix minutes, que je prenne mon uniforme de parade, quelques affaires, et fasse seller mon cheval.

– Lieutenant le temps presse.

– Nous y serons avant que l'heure sonne.

Montcharvaux saisissait mal le sens du message. Mais après avoir tant guerroyé sous les ordres de Belle-Isle, il se serait fait trouer la peau pour lui.

Alors que 1 heure de l'après-midi sonnait aux cloches de la cathédrale de Metz, Montcharvaux et Picard sautaient de cheval dans la cour fort agitée de l'hôtel du gouverneur. Ambassadeurs et courtisanes, nombreux à l'annonce de la maladie du roi, fuyaient après la lecture de sa confession. Se précipitant au devant de la succession, ils volaient à la rencontre du dauphin arrivant de Versailles.

Belle-Isle fit entrer Montcharvaux dans son bureau.

– Ah ! mon fidèle médecin, que je suis bien aise de vous voir. J'avais reçu votre aimable billet m'annonçant votre installation en gentilhommière sur mes terres. Vous y plaisez-vous ?

– Monsieur le maréchal, Votre Excellence est trop bonne de se souvenir de moi et de s'enquérir de mon état. Je suis un homme comblé après tant de combats et d'opérations. Je veille sur mes terres, suis mes fermiers, chasse dans cette belle région. J'ai épousé à mon retour, il y a moins de deux ans, Marie-Anne Hussenot, une accorte veuve qui prend soin de moi.

– Vous le méritez, Montcharvaux, après trente ans de bons et loyaux services. Je vous ai convoqué pour une mission au service de Sa Majesté.

– Monsieur le maréchal, je suis à vos ordres et prêt à mourir pour le roi !

– Que nenni, vous ne risquez rien. Je ne vous demande que le secret le plus absolu. Pas un mot à votre épouse, ni à personne. Si vous le brisez un jour, sachez que vous serez déclaré fou et emprisonné.

Montcharvaux conçut parfaitement la menace du gouverneur des Trois-Évêchés. Belle-Isle se radoucit :

– Vous allez me confier votre tenue complète de médecin-lieutenant des armées.

Montcharvaux eut un mouvement de recul. Belle-Isle continua :

– Cet uniforme sera revêtu par un talentueux médecin de mes amis qui usurpera votre identité pour soigner Sa Majesté et le sauver d'une mort certaine.

En vieux fantassin, Montcharvaux se méfia tout à coup. On aurait voulu faire assassiner le roi par un faux médecin qu'on ne s'y serait pas pris autrement. Belle-Isle, qui connaissait son gaillard, comprit ses réserves.

– Vous me prêtez un monstrueux dessein, dit-il en grondant. Ne me connaissez-vous donc pas, Montcharvaux ?

Le lieutenant blêmit et baissa les yeux.

– Veuillez m'excuser, monsieur le maréchal. Vous commandez, j'exécute.

– À la bonne heure. Je vous ordonne donc de disparaître pour au moins une semaine loin de Metz. Le roi guéri, vous pourrez rejoindre vos terres. Je vous retournerai alors votre uniforme, mais vous ne pourrez plus jamais remettre les pieds à Metz, sauf sur mon ordre exprès.

– Voici ma tenue, monsieur le maréchal. Je saute sur mon cheval et pars pour la Bourgogne. Je logerai sous un faux nom dans un relais le temps nécessaire. Je vais juste faire porter à mon épouse un billet l'informant que je suis appelé pour mes affaires durant une semaine ou plus, afin qu'elle ne s'inquiète pas.

– Je vous remercie, Montcharvaux. Quelques arpents pourraient compléter vos belles terres de Marly, une fois la mission accomplie et le secret respecté.

Raccompagnant le lieutenant, Belle-Isle lui précisa :

– Une fois le roi guéri, si votre nom venait à être prononcé, vous en direz le moins possible et, si nécessaire, parlerez seulement d'une potion de votre invention contenant vingt-quatre ingrédients et médecines différentes.

Montcharvaux salua, écrivit pour sa femme un billet qu'il remit à Picard, puis à cheval prit la route de Dijon où personne ne le connaissait.

16

Belle-Isle fit venir Hélian et Oulman qui patientaient depuis deux heures. Le maréchal était de fort belle humeur, son stratagème prenait forme.

– Le médecin-lieutenant de Montcharvaux, à la retraite du régiment d'Alsace, sort de ce bureau. Il vient de me remettre sa tenue d'apparat complète, des pieds jusqu'à la tête. C'est un beau gaillard qui mesure près de six pieds, comme vous, Oulman.

Les deux médecins sourirent et comprirent la ruse.

– Ce soir, Oulman, vous enfilerez cette tenue. Ensuite, accompagné d'Hélian, je vous présenterai au docteur Marcot comme le lieutenant Alexandre de Montcharvaux ayant servi sous mes ordres et passé maître dans les remèdes pouvant sauver le roi. Une fois la complicité de Marcot acquise, et avec l'aide du fidèle Lebel, vous vous rendrez avec Hélian et Marcot à son chevet.

– Monsieur le maréchal, votre idée est lumineuse, digne d'un prince et d'un guerrier de la Bible, dit Oulman. Mais si Montcharvaux parle, si je suis trahi ?

– N'ayez crainte. Montcharvaux a disparu pour au moins une semaine. S'il parle, je lui ai promis la prison ou l'asile, et s'il garde le secret, quelques arpents de terre supplémentaires. Sachez qu'en ces temps de courtisans l'habit fait le moine, nul n'imaginerait qu'un Juif se déguise en médecin-lieutenant. Il faudra par contre garder le secret absolu, sous peine d'encourir la même peine que Montcharvaux.

– Monsieur le maréchal, comment expliquer cette absence de plusieurs jours à mon hôpital, ma famille, ma communauté ?

– Vous aurez ce soir une lettre de mission pour soigner la poitrine de ma cousine à Châlons-en-Champagne. Rentrez chez vous, tenez-vous prêt. Voici dans ce sac la tenue de Montcharvaux que vous revêtirez avant de revenir. À la nuit tombée, mon aide de camp vous conduira par un passage dérobé jusqu'à une pièce où vous m'attendrez.

17

Dans un moment de lucidité entre ses fièvres, Louis se demandait comment à trente-quatre ans, en parfaite santé avant ce séjour à Metz, il pouvait se trouver aux portes de la mort. L'évêque de Soissons avait peut-être raison, sa vie dissolue, son abandon de la couche royale, après que Marie lui eut donné dix enfants, avaient peut-être provoqué sa maladie, son châtiment. Dieu réprouvait ce comportement séducteur et intempérant avec les dames, même s'il venait d'un roi de droit divin. Mais, diantre, c'était bien dans le tempérament des Bourbons ! Il repensa avec amusement aux frasques de ses aïeux, Henri IV et ses maîtresses dans chaque ville, Louis XIV qui honorait si bien ses dames. Quant à lui, les plaisirs de la chair et de la chasse étaient ses plus grandes joies. Traquer, capturer, dévorer ; il avait vécu pour cela. Il en mourait.

Il se tourna avec effort vers l'évêque de Soissons, qui agrippait son prie-Dieu :

– Fitz-James, mon bon évêque, mon aumônier, je veux exprimer une dernière volonté.

L'évêque leva la tête de son missel, le regard dénué de pitié pour ce souverain pécheur dont il avait obtenu la confession et la repentance publiques.

– Oui, Sire, je demeure là, à vos côtés, pour écouter vos dernières volontés.

– Soissons, je refuse de mourir, il est bien trop tôt. Le dauphin n'a pas quinze ans, il est trop jeune pour régner. Les ennemis menacent aux frontières. Mes soldats me réclament à leur tête pour les conduire à la victoire. Vous et mon confesseur m'avez ouvert les yeux sur mes nombreux péchés. Je remets mon destin entre les mains de Dieu. Si Notre-Seigneur miséricordieux me prête vie, je veux l'honorer.

L'évêque n'en revenait pas. Ce roi jouisseur était prêt à tout promettre pour sauver sa misérable vie. Il fallait en profiter sans tarder.

– Sire, puisse votre repentance être entendue par Notre-Seigneur. Seul un engagement solennel pourrait intercéder en votre faveur.

– Parlez, Soissons, il est temps.

– Seule la construction d'une église aussi impressionnante que Notre-Dame pourrait peut-être racheter vos fautes et infléchir Notre-Seigneur.

Louis XV réfléchit. Il craignait l'évêque de Soissons, son puritanisme exacerbé. Qu'il ait abandonné ses dignités à l'exception de son titre ducal pour la fonction d'évêque, un évêque chaste qui plus est, le déroutait. Mais l'idée d'une église « magistrale » pour racheter ses fautes lui plut. Son aïeul avait fait bâtir Versailles à sa gloire, lui pourrait édifier une somptueuse église à la gloire de Dieu et en pénitence. De l'orgueil à l'humilité, voilà le sens. Celle-ci devrait se situer au cœur de la capitale. Un accès de fièvre fit défiler Paris devant lui, son fleuve, ses rues, ses hôtels, ses églises, ses collines. Fermant les yeux, lui apparut sainte Geneviève, jeune fille de noblesse gallo-romaine devenue religieuse, dont la vaillance avait incité les Parisiens à résister à l'invasion d'Attila. C'est elle qui avait persuadé Clovis, le premier roi, de bâtir sur le *mons Lucotitius*, l'abbaye qui porterait son nom. Aujourd'hui, cette église légendaire tombait en ruine.

– Fitz-James, approchez.

– Oui, Sire.

– Si, dans sa bonté divine, Notre-Seigneur daigne me pardonner mes fautes et me guérir de ce mal qui me conduit au trépas, je lui consacrerai une basilique majestueuse et visible de tous les points de Paris et des communes avoisinantes. Cette église ne sera à nulle autre pareille, elle marquera Paris de sa grandeur.

Fitz-James se troubla. Peut-être était-il vraiment en train de sauver l'âme du libertin.

– Je souhaite construire sur la montagne Sainte-Geneviève, près de l'ancienne abbaye, une église dédiée à la patronne de Paris, où reposera sa sainte châsse. Cette basilique aura un dôme comme à Saint-Pierre de Rome et une flèche plus haute que Notre-Dame.

L'idée du roi le bouleversa, ce projet était grandiose.

– Votre Majesté est bien digne de sa lignée. Comme Clovis, vous louerez ainsi Notre-Seigneur, notre royaume et notre sainte. Mais si vous passiez comme vos médecins le craignent, qu'adviendrait-il de ce projet ?

– Si je meurs, c'est que Dieu ne m'aura pas entendu. Il n'aura pas répondu à mes prières, ni aux vôtres, ni à celles de mes sujets. Vous dites que des messes sont célébrées dans tout le royaume pour ma guérison. Voyons si votre Dieu les entend. S'il y reste sourd, ce magnifique édifice ne verra jamais le jour.

L'évêque de Soissons s'agenouilla.

–Alors prions, Votre Majesté, prions pour votre guérison et pour la purification de vos péchés.

18

Sortant de l'hôtel du gouverneur, Hélian et Oulman se séparèrent en silence. Ce dernier se dirigea vers son hôpital pour préparer les potions. Si, comme Hélian l'avait dit, il s'agissait d'une dysenterie, et si le roi n'était pas trop faible, il saurait le guérir. Mais s'il souffrait d'autres infections malignes, il succomberait de l'assaut des purges et des saignées. En cas de succès, Louis serait officiellement sauvé par un docteur militaire à la retraite du nom de Montcharvaux. En cas d'échec, il devrait répondre, lui, le médecin juif, de l'accusation, courante pour les siens, d'empoisonnement. La populace se déchaînerait, les quatre cents familles juives de Metz et celles des environs seraient sûrement pourchassées, violentées, assassinées. Dans tout le royaume, les Juifs auraient de nouveau à choisir entre l'exil, la potence ou le bûcher, comme au temps des croisades, de la peste ou de la terrible expulsion du Royaume de France en 1394. Il se devait de réussir.

Il gagna l'hôpital sur le quai des Juifs, après avoir longé la boucherie où deux belles vaches limousines entraient pour l'abattage rituel. Il observa le quai et ses hautes maisons où ses coreligionnaires s'entassaient, dans ce petit quadrilatère qui leur était accordé entre le couvent des Carmes, celui des sœurs Colettes et les quais de la Moselle, coincé entre les remparts et la rue de la Boucherie-Saint-Georges. Les appartements étaient bondés, les conditions d'hygiène déplorables. Ce quartier en contrebas recevait les eaux usées de la ville et le quai empestait le fumier. Les deux petits hôpitaux près de la boucherie et ses trois médecins actuels s'affrontaient aux maladies induites par la sanie. Isaïe et son ami le docteur Lazare Lambert tentaient de réduire la mortalité des enfants. Isaïe en avait perdu cinq, dont trois en bas âge et deux avant qu'ils aient atteint dix ans.

À l'hôpital, les malades qu'il avait trop délaissés le pressèrent de questions. Il les éconduisit gentiment et se dirigea vers son laboratoire d'apothicaire.

Plongé dans ses mixtures, il n'entendit pas arriver son collègue Lambert.

– Isaïe, que fais-tu ? Plus de vingt malades t'attendent.

– Ah, te voilà. À la bonne heure. Le maréchal de Belle-Isle m'a confié une mission de la plus haute importance. Sa cousine souffre d'une grave maladie pulmonaire, je dois partir quelques jours pour la soigner. Je prépare les médecines nécessaires. Peux-tu me remplacer à l'hôpital cette semaine ?

– Je comprends, mais j'ai mes propres malades, et c'est ton année de service à l'hôpital.

– Je ne peux refuser l'ordre du gouverneur, tu le sais. Je te promets de revenir au plus vite. Belle-Isle pourrait nous en être reconnaissant.

Lambert accepta, il appréciait la droiture de son ami et savait l'importance de la mission, le gouverneur étant vraiment le maître de la ville.

Isaïe rentra chez lui. Ève, son épouse, préparait avec leur servante le shabbat du lendemain. Ils avaient le bonheur d'occuper un appartement de cinq pièces dans la maison de son beau-père. Son statut de médecin et celui d'Ève, fille et petite-fille de banquiers et de syndics, permettaient ce luxe relatif – ils se trouvaient un peu à l'étroit avec les cinq enfants. Ève l'enlaça. À vingt-neuf ans, après dix couches, elle était toujours belle – comme la reine, se dit Isaac. Petite, elle était restée fine, sa chevelure blonde flottait sur une belle robe de velours grenat. Ses yeux bleus moqueurs éclairaient un visage semé de taches de son.

– Isaïe, mon tendre époux, pourquoi rentres-tu au milieu de la journée ? Un malheur est-il arrivé ?

– Non, Hébé. Mais le gouverneur vient de me confier une mission urgente. Je dois aller soigner sa cousine à l'agonie à Châlons-en-Champagne, ses médecins échouent.

Ève le regarda, étonnée que Belle-Isle sollicite son mari, même si, depuis quelques années, de plus en plus de catholiques consultaient des médecins juifs, à la réputation grandissante. Mais de là à prodiguer des soins à la cousine du puissant gouverneur des Trois-Évêchés...

Devinant les doutes d'Hébé, Isaïe expliqua :

– J'ai guéri le gouverneur il y a un an. C'est pourquoi il me confie la vie de sa cousine. Je pars immédiatement et ne serai pas de retour avant une semaine.

– Et pour shabbat, comment feras-tu ?

– Je donnerai, s'il le faut, des soins ce jour-là. Le Talmud enseigne que les soins aux malades priment sur tout, y compris le respect de ce jour de repos.

Isaïe prépara son sac, sa trousse, embrassa Ève et leurs cinq enfants, puis reprit la rue des Juifs vers le pont Saint-Georges pour se rendre chez son ami, cette fois sans longer la cathédrale. Il tentait toujours d'éviter le bel édifice près duquel des jésuites et des dévots avaient coutume de railler ou de molester les passants juifs. Et puis il n'aimait pas voir, sur la droite du portail, la synagogue représentée par une femme tête baissée, yeux bandés, une lance brisée dans une main et les tables de la Loi s'échappant de l'autre, alors qu'en vis-à-vis une autre femme, tête droite ceinte d'une couronne en signe de victoire, incarnait l'église.

Hélian l'attendait. Ils soupèrent maigre, selon les prescriptions alimentaires d'Isaïe. Quand les cloches sonnèrent 9 heures, le docteur Oulman se transfigura. Il revêtit le pantalon blanc, l'uniforme, les bottes noires et le bicorne du lieutenant Alexandre de Montcharvaux. Comme beaucoup de notables juifs de Metz, Isaïe se rasait et se coiffait à la mode, d'une perruque poudrée. En médecin militaire, il faisait totalement illusion. Reconnaissant à peine son ami, Hélian fut ravi du stratagème de Belle-Isle. À 22 heures, ils se présentèrent à la porte dérobée du palais. L'aide de camp du maréchal les attendait. Il ne reconnut pas Isaïe et lui donna du « lieutenant ». Il les conduisit dans un bureau et leur demanda d'y patienter jusqu'à la venue du gouverneur.

19

À 11 heures du soir, la mine soucieuse, le maréchal de Belle-Isle entra dans le bureau. À la vue d'Oulman transformé en médecin militaire, il sourit.

– Messieurs, la première partie de notre plan fonctionne. Montcharvaux est loin. Oulman, vous êtes plus vrai que nature, personne ne vous démasquera. Par contre Sa Majesté agonise, cernée par les dévots. Le comte de Clermont s'est institué gardien de la chambre depuis la fuite habile de Richelieu. Le grand chambellan de Bouillon fait les cent pas dans l'antichambre en sanglotant. Dans la chambre du roi, les deux évêques marmonnent d'un côté du lit des prières à n'en plus finir, et de l'autre, Chicoyneau et La Peyronie pérorent en latin sur les vertus comparées de la saignée et de la purge. Depuis une heure, j'essaie de tous les faire sortir.

– Mais vous êtes le gouverneur et nous sommes dans votre palais ! s'exclama Hélian.

– Oui, mais le roi se trouve partout chez lui en son royaume. Comme il n'est pas en état de commander, les princes du sang décident. J'espère qu'à la faveur de la nuit, ils iront dormir et qu'avec la complicité du premier valet Lebel, vous pourrez approcher Sa Majesté.

– Votre Excellence, s'alarma Oulman, chaque heure compte. Plus nous tardons à administrer mes soins au roi, plus ses chances de vivre s'amenuisent !

– Je sais. Si demain rien ne bouge, il faudra un autre stratagème. En attendant, profitez de ces fauteuils d'Espagne, dormez un peu. Je vous ferai mander dès que j'aurai du nouveau.

Le maréchal sorti, ils s'assirent. Ils ne pouvaient forcer la porte du roi, qui, comme leur espoir, se mourait.

Dans la chambre royale régnait la cacophonie décrite par Belle-Isle. Le premier valet Lebel dut intercéder auprès du comte de Clermont pour qu'il rétablisse l'ordre et permette au malade de dormir un peu. Clermont fit évacuer la chambre. Seuls restaient Lebel et l'inépuisable évêque de Soissons. Ce dernier vivait son heure de gloire avec l'acceptation de la confession publique. Depuis le matin, on lisait l'aveu du roi libertin dans chaque église de France. L'autorité morale de la reine et du dauphin était assurée. Le royaume pourrait renouer avec une couronne digne de son rôle de fille aînée de l'Église.

L'évêque de Soissons espérait que ses services lui vaudraient la pourpre cardinalice. Et si le Seigneur écoutait le repentir de Louis et lui redonnait vie, son succès serait complet. Les deux sœurs pécheresses étaient bannies. La reine, qui arrivait, regagnerait les faveurs du roi. Enfin, la plus haute église du royaume serait bâtie en l'honneur de sainte Geneviève. Et tout cela grâce à lui. Fitz-James se félicitait d'avoir renoncé à tant de titres pour celui d'évêque. En ce très chrétien royaume de France de l'an 1744, le vrai pouvoir sur les hommes, roi ou manants, demeurait celui de l'Église catholique, apostolique et romaine.

Lebel fit venir le second valet, sortit de la chambre royale et gagna celle du gouverneur.

– Monsieur le maréchal, j'ai obtenu qu'on laisse Sa Majesté se reposer. À son chevet, il ne reste plus que le premier aumônier et le second valet.

– Bien. Je vais tenter de faire venir au chevet du roi les deux médecins militaires dont je vous ai parlé, le major Hélian et le lieutenant de Montcharvaux.

– Faites vite, Excellence. Pour une fois, ce boucher de La Peyronie a raison, le roi se meurt.

Lebel sorti, le gouverneur fit appeler Marcot, second médecin du roi, qu'il savait par Hélian en désaccord avec les premiers médecins et chirurgiens.

– Marcot, le roi va mourir, lui dit-il quand l'autre, tout ensommeillé, se présenta. Et je refuse que cela arrive dans la province dont j'ai la garde.

– C'est trop tard. Prions pour son âme.

– Voyons, gronda Belle-Isle, il y a la destinée divine et la volonté des hommes. Je viens d'une famille de renégats, mon grand-père a fini embastillé, et moi, je suis maréchal, duc, ambassadeur et gouverneur. J'ai conduit des hommes à la guerre et des ambassades dans de nombreuses cours. Seules comptent l'initiative, l'action. Les prières n'occupent que les faibles et les simples d'esprit.

Ne soupçonnant pas le mordant du petit-fils de Fouquet, Marcot était choqué par ces propos.

– Écoutez-moi, Marcot. Deux de mes meilleurs médecins attendent dans la pièce voisine. Il s'agit du major Hélian de l'hôpital militaire de Metz, que vous avez rencontré, et du lieutenant à la retraite Alexandre de Montcharvaux, des régiments d'Alsace, qui m'a servi et soigné à la guerre.

– Bien, Excellence, mais que faire ? demanda Marcot, de plus en plus perdu.

– Montcharvaux brille dans la préparation d'émétiques et de potions pour les maladies internes. Je l'ai vu sauver l'un de mes capitaines d'artillerie.

– Ah, monsieur le maréchal ! Serait-ce donc là un empirique, un de ces charlatans qui comme les sorcières disent guérir avec des plantes et des formules sataniques ?

Au milieu de la nuit, Belle-Isle n'avait pas le temps de discuter des différents mérites des pratiques médicales avec ce monsieur de la faculté.

– Il suffit ! Je vous ordonne de faire en sorte qu'Hélian et Montcharvaux examinent le roi en votre compagnie et lui administrent des potions.

Se réveillant tout à fait, le docteur se redressa.

– Votre Excellence, en tant que second médecin du roi, je n'ai d'ordre à recevoir que de Sa Majesté. Je vous souhaite une bien bonne nuit.

Il salua et se retira.

Écumant de rage, Belle-Isle retrouva Hélian et Oulman.

– Le premier valet a fait évacuer la chambre royale, mais cet imbécile de Marcot vous a traités de charlatans et refuse de vous y mener. Dormez, nous aviserons demain.

Et il partit se coucher.

20

Au lever du soleil, ce vendredi 14 août, la maladie du roi avait encore empiré. Épuisé, l'évêque de Soissons avait prié toute la nuit. Le confesseur du roi, le père jésuite Pérusseau, l'avait rejoint aux premières heures du jour. De nouvelles messes pour l'âme de Louis XV résonneraient dans tout le royaume. Dans les deux synagogues de Metz, comme dans celles de Bordeaux et de Strasbourg, on prierait pour la guérison du roi. La reine, en route, accélérait le pas, le dauphin aussi.

Les médecins pénétrèrent dans la chambre, La Peyronie entrevit son terrible pronostic s'accomplir.

– Sire, comment Votre Majesté se sent-elle ce matin ?

– Je me meurs, sauvez-moi, marmonna Louis.

La Peyronie tentait une nouvelle saignée du pied quand Marcot entra. Devant le roi livide, dont le sang s'écoulait dans la bassine rougeâtre, il repensa aux dires de Belle-Isle et aux deux médecins militaires. Il décida de les aider, et les rejoignit.

– La Peyronie saigne encore le roi, il s'est mis en tête de lui administrer des gouttes d'or du général de La Motte et de lui appliquer des sangsues sur les tempes, déclara Marcot, affolé.

Le gouverneur qui n'y comprenait rien vit Oulman blêmir.

– Monsieur de Montcharvaux, pourquoi cet air inquiet ?

– Il faut prescrire l'inverse. On a trop purgé le roi depuis six jours, il ne boit que des bouillons. Et les gouttes de La Motte, précieuses par ailleurs, sont néfastes en cas de dysenterie. Ce remède incendiaire relancera la fièvre et finira de consumer Sa Majesté.

Marcot, impressionné par le savoir et l'aisance du médecin militaire dont il n'avait jamais entendu parler, se tourna vers lui.

– Monsieur le second médecin du roi, lui dit Oulman, permettez-moi de me présenter, lieutenant Alexandre de Montcharvaux, médecin à la retraite des régiments d'Alsace. Je vois à votre air que vous approuvez mes conclusions. Ne pouvez-vous donc pas intervenir pour sauver notre roi ?

– Hélas, cher confrère, je ne suis que le second. Hier déjà, j'ai voulu faire cesser les saignées et les purges. Mais le premier médecin est sous la coupe du premier chirurgien, qui n'écoute personne.

– Mon bon docteur, coupa Belle-Isle, m'aideriez-vous à conduire mes deux médecins militaires jusqu'au roi ?

– J'y consens, monsieur le gouverneur. Il est urgent d'agir.

Belle-Isle et Marcot regagnèrent la chambre royale, laissant Oulman et Hélian.

– Vous avez raison, Oulman, ce La Peyronie est un fat ou un assassin. Ses actes insultent le bon sens. Poser des sangsues à un mourant ! J'espère que nous n'arriverons pas trop tard.

Isaïe en doutait de plus en plus.

La journée passa. Épuisé, Chicoyneau ronflait. Il s'en remettait à La Peyronie, qui collait désormais ses sangsues. Il avait chassé Marcot, ce coureur de soubrettes qui avait osé lui parler de deux médecins militaires souhaitant examiner Sa Majesté. Des bouchers de garnison ignorants en philosophie ! Des amputeurs de champ de bataille pour soigner le roi ? Jamais !

Le soleil déclinait quand Belle-Isle raconta ce nouvel échec à Oulman et Hélian. Ils se turent, seule la forte complexion du roi pouvait lui permettre de passer la nuit.

Oulman demanda alors aux valets deux bougies et du pain. Devant Belle-Isle et Hélian intrigués, il se leva, alluma les bougies, se coiffa de son bicorne et prononça les paroles suivantes :

– *Boroukh' ato adonoï eloheinou meleh' hoolom asher kidchonou bemitsvotov vetzivonou lehadlik ner shel shaboss.*

– Est-ce de l'hébreu, Oulman ? s'étonna le gouverneur.

– Oui, Excellence. C'est la prière prononcée au moment de l'allumage des bougies pour marquer l'entrée dans ce jour de paix, de prières et de réflexion que nous nommons shabbat. Si vous le permettez, je souhaiterais prononcer la bénédiction sur le pain, à défaut de vin casher, que nous appelon *kiddouch.*

Il prit le pain, le leva et dit :

– *Yom ha-chichi. Va-yihoulou ha-chomayim ve-hooretz vh-khol tsevo-om...*

La prière finie, il rompit le pain, en proposa un morceau à chacun. Ils mangèrent ensemble.

– Je viens de bénir le pain et de louer Notre-Seigneur de ses bénédictions et du saint shabbat qu'au septième jour de la Création il a accordé aux hommes.

Découvrant ces rites, cette solennité, Belle-Isle et Hélian étaient troublés.

– Je vais maintenant prononcer la *refoua chelema*, continua Oulman. La prière pour la guérison de tous les malades, et en premier lieu, de notre bon roi.

Il se tourna vers le sud-est, vers Jérusalem.

– *Laménatséa'h mizmor le Dovid.*

Il conclut sa prière par le dixième psaume, qu'il traduisit en français.

– Éternel, viens à notre secours ! Que le roi Dieu nous exauce le jour où nous l'invoquons !

Puis il s'adressa à Belle-Isle et Hélian :

– Excellence, cher confrère, la santé du roi se trouve entre les mains de mon Dieu et du vôtre, qui sont les mêmes. Prions dans nos religions respectives. Demain, nous agirons.

Belle-Isle se retira dans ses appartements. Les deux amis soupèrent en silence, éclairés par les deux bougies.

21

Samedi 15 août 1744

La nuit du roi fut agitée de symptômes affreux. Signe d'une mort prochaine, les derniers courtisans et ambassadeurs quittaient Metz où ils avaient afflué.

À l'aube, on appela les princes pour les prières aux agonisants. Vers midi, Louis XV plongea dans une sorte de coma. Les médecins se retirèrent. D'Argenson fit emballer les papiers et les courriers du roi. Le duc de Chartres, Louis d'Orléans, fils du régent et cousin du roi, ordonna qu'on attelle sa chaise de poste pour aller commander l'armée du Rhin.

« Le roi se meurt ! Le roi se meurt ! » Ces cris résonnaient dans l'hôtel du gouverneur.

Tout était donc perdu. Le règne de Louis XV s'achevait en ce jour de la fête de la Vierge. Lebel, son premier serviteur, qui ne l'avait pas quitté depuis sa maladie, courut chez Belle-Isle, laissant son maître dans une chambre désertée sous la bonne garde des seconds. Il força la porte du gouverneur, qui ruminait.

– Excellence, les assassins et les dévots en ont fini. S'il est encore temps de sauver Notre Majesté c'est maintenant !

Belle-Isle alla quérir Oulman et Hélian.

– Il est l'heure, prenez vos médecines et suivez-moi !

Arrivés devant la chambre, ils furent arrêtés par Clermont.

– La chambre est interdite. Qui sont ces gens qui vous accompagnent gouverneur ?

– Prince, voilà deux de mes braves médecins militaires qui apportent des boissons pour apaiser les douleurs et la fin de Notre Majesté.

– Ah ! Si c'est pour adoucir ses derniers moments, faites donc. Il souffre atrocement. Au moins que son trépas soit doux.

Et il se retira pour les laisser passer.

Contrairement aux pratiques des facultés françaises, Oulman demanda qu'on retire la chemise du roi. Les serviteurs hésitèrent, Belle-Isle approuva. Aidé du second, Lebel releva la chemise royale. Tous tressaillirent à la vue du torse blanchâtre aux côtes saillantes. Sa Majesté avait bien dû perdre quinze livres ! Isaïe saisit le bras, prit le pouls, compta, réfléchit et déclara :

– Le roi vivra.

Interloqués, tous s'agitèrent. Oulman s'adressa à Lebel.

– Monsieur, apportez des seaux. Le roi va rendre abondamment, puis il se sentira mieux.

Il palpa l'estomac, sentit l'intestin spasmé et convulsé. Il posa la main sur son front, sentit la fièvre.

– C'est bien ce que vous pensiez, Hélian, le roi souffre d'une dysenterie.

Il prit le premier flacon rempli d'un émétique puissant, le versa dans un verre d'eau et fit boire le roi. Brisant le silence, celui-ci se redressa soudain et vomit à flots, avant de s'affaler sur le lit. Les serviteurs le nettoyèrent, le changèrent, ainsi que la couche royale.

Louis reprit quelques couleurs et parut moins enfiévré.

– Les soins devront durer deux à trois jours, précisa Oulman. Je le veillerai constamment, et en fonction de son état lui administrerai mes remèdes. Excellence, pouvez-vous ordonner qu'on me laisse ici avec le major Hélian qui m'assistera avec l'aide des serviteurs de Sa Majesté ?

Frappé par l'assurance d'Oulman et la légère rémission du roi, Belle-Isle chargea deux capitaines d'infanterie de barrer la chambre à toute personne non munie d'un billet de sa main. Quels que fussent son rang, son titre, sa robe.

Oulman prit à part Hélian et Lebel.

– J'aurai besoin de vos compétences et diligences. Monsieur le premier serviteur, je vous appellerai désormais Lebel. Il nous faudra des aliments simples préparés selon mes avis. Major, vous m'aiderez dans l'administration des potions. Je vous en expliquerai la teneur pour que vous jugiez de leur pertinence.

Pour la première fois depuis une semaine, l'espoir renaissait autour de Louis, qui venait de s'endormir paisiblement.

Après trois heures de sommeil, il se réveilla moins fiévreux.

– Qui sont ces hommes ? Ces inconnus dans la chambre du roi ?

Le gouverneur s'approcha :

– Je suis bien aise de voir que Votre Majesté retrouve ses esprits. Nous étions très alarmés. Votre Altesse, m'accompagnent deux de mes meilleurs médecins militaires. Le major Hélian, médecin-major à l'hôpital militaire de Metz. Et le lieutenant de Montcharvaux, ancien des régiments d'Alsace.

Tous deux saluèrent bien bas et très élégamment.

– Où sont donc mes docteurs La Peyronie et Chicoyneau ?

– Sire, ils vous ont abandonné et laissé pour mort. Les princes ont récité les prières aux agonisants à votre chevet ce matin. Pour m'avoir nommé maréchal, Votre Majesté sait que je n'abandonne jamais un champ de bataille. Devant la désertion de vos médecins, de votre cour et de vos prélats, j'ai mobilisé mes plus talentueux médecins pour vous sauver.

Louis XV s'évanouit de nouveau. Oulman se tourna vers Lebel.

– Faites apporter des carafes d'une eau de source la plus pure. Demandez aux cuisines qu'on fasse cuire des carottes pour en faire un bouillon. On préparera aussi des carottes écrasées et du riz de Camargue cuit à la vapeur.

Il précisa à l'intention d'Hélian :

– Il doit boire en très grande quantité. Je lui donnerai quelques médecines et nous le nourrirons pour réparer ses intestins.

Le roi reprit ses esprits. Lebel s'approcha et sous la direction d'Oulman le força à boire cinq grands verres d'eau.

Oulman fit ensuite un exposé en s'adressant à Hélian et au gouverneur.

– Fatigué de longues courses, le roi a soupé trop grassement de viandes le 7 août. Il a suffi d'une volaille peu cuite, d'un rôt avarié ou d'un gibier faisandé pour attaquer les intestins. Les fortes chaleurs et sa nuit de plaisir ont accentué sa faiblesse et provoqué une violente dysenterie. On aurait pu la soigner en trois jours avec certaines potions et une alimentation de carottes et de riz. Heureusement, Sa Majesté est forte, jeune et elle veut vivre.

Oulman montra les flacons qu'il avait préparés à l'hôpital et qu'il venait de compléter de quelques ingrédients au vu de l'état du roi.

– Au lieu de le débiliter, cette potion va le stimuler. Elle se compose de safran, ambre gris, musc, perle préparée, girofle, cannelle, macis, gingembre, des trois poivres, de muscade, sucre fin, graines de paradis, anis, coriandre et fenouil. J'ai mêlé tout cela à du vin d'Espagne, de l'esprit-de-vin et de l'eau de mélisse, en ajoutant du genièvre, de la graine de rave et d'hièble, de l'extrait d'angélique, sans oublier la fleur d'oranger apaisante et des feuilles d'or cicatrisantes.

Passionné par l'anatomie et la fonction des organes, Hélian comprit tout l'intérêt de l'élixir. Il se tourna vers le maréchal :

– Ce que vient d'expliquer mon confrère Montcharvaux a le mérite de la sagesse, de la pertinence et de la science.

Convaincu, Belle-Isle donna l'ordre d'administrer.

Aidé de Lebel, Hélian fit asseoir le roi dans sa couche. Oulman remplit une demi-pinte de son élixir qu'il fit boire délicatement au roi. Celui-ci se rendormit.

Vers 6 heures du soir, il se réveilla apaisé, les joues rosies, le regard moins fiévreux et plus lucide. Oulman prit son pouls, déjà plus régulier. La fièvre baissait. Sous la chemise, le ventre était un peu plus souple.

Isaïe se retourna vers ses complices et sourit :

– Le roi est sauvé, je réponds de sa guérison.

Belle-Isle, Hélian, Lebel et les serviteurs n'en revenaient pas d'un tel miracle en six heures ni d'une telle assurance de la part du médecin.

– Comment pouvez-vous déjà en être si sûr ? demanda le gouverneur.

– En le faisant vomir, l'émétique élimine les nombreuses impuretés. L'élixir commence ses vertus apaisantes.

– Montcharvaux, Hélian, vous veillerez et soignerez le roi pendant deux jours, déclara Belle-Isle. Lebel et ses servants sont à vos ordres. Je prendrai régulièrement des nouvelles de Sa Majesté et j'interdirai à tous ces lâches qui ont fui d'entrer dans la chambre, s'ils veulent y revenir.

Le roi se réveilla. Isaïe le soigna, le fit boire et prendre ses potions. À 9 heures, Louis, apaisé, se rendormit.

Hélian s'assit dans un fauteuil, Oulman à ses côtés.

– Morbleu, j'ai bien tremblé ces deux derniers jours, et plus encore aujourd'hui. Si le roi avait succombé à vos potions, vous étiez un coupable idéal pour cacher l'incurie de ses docteurs. Et moi, pauvre médecin militaire de Metz, haï par ses confrères pour ses vues originales, le complice tout trouvé. Nous aurions été chassés, voire condamnés et emprisonnés !

– J'en tremblais aussi, Hélian. Je pensais à notre cher pays, la France, en proie à l'envahisseur autrichien. Sauver le roi, c'est sauver le royaume et le rattachement de notre ville de Metz à la Couronne. Dormons maintenant dans ces fauteuils, en bons médecins militaires que nous sommes.

Hélian sourit au clin d'œil d'Isaïe, qui ajouta :

– Je vous propose de le veiller jusqu'à 1 heure du matin. Vous me relaierez jusqu'à 5 heures, suite à quoi je vous remplacerai.

Hélian ne se le fit pas répéter et s'assoupit dans le fauteuil.

Tout à ses pensées, Isaïe voyait la nuit tomber. En ce shabbat du 15 août 1744, il avait passé la journée à travailler, sans aller à la synagogue, ni prier. Très pieux et érudit, il connaissait la Torah et le Talmud, ses livres d'interprétation. Soigner un homme en est un commandement capital. La vie prime dans le judaïsme, les règles s'effacent pour la préservation de la vie. Le *pikouakh nefesh* représente le sauvetage d'une vie. Le médecin juif peut alors appliquer le triptyque « pensée-parole-action » et « mettre la Torah entre parenthèses ». Isaïe se rappela les paroles du Talmud de Babylone qui l'avait guidé dans ses actions et sa vocation : « Quiconque sauve la vie d'un homme, sauve un monde entier. »

Il se leva, mit son bicorne, s'approcha de la fenêtre au moment où les premières étoiles apparurent dans le clair ciel d'août.

Il murmura alors les prières de sortie du shabbat, le *chema*, la *amida*. Il conclut par la *havdala*.

Médusé, Lebel assistait au singulier spectacle d'un médecin distingué égrenant des formules magiques dans une langue étrange. On aurait dit un charlatan versé dans les sciences occultes. Mais peu lui importait, cet empirique à bicorne, au sabir déconcertant, avait été le premier à soigner son roi.

Se sentant observé, Isaïe se retourna :

– Ah, Lebel ! Je prononçais des prières et des formules médicales pour la totale guérison de notre roi.

– Fort bien mon lieutenant, mais dans quelle langue ? Je n'ai pas reconnu le latin.

– C'est une langue de l'Antiquité peu usitée, une langue de sages qui pratiquent la médecine depuis trois mille ans. Cette langue et ce savoir m'aident dans ma réflexion, et par leur sagesse, dans ma capacité à guérir.

Décidément, pensa Lebel, ces médecins militaires sont plus originaux que les assommants latinistes de la faculté.

– Pourrais-je souper maintenant ? lui demanda Oulman. Je prendrais, comme Sa Majesté, du riz et des carottes, assortis pour moi d'un peu de pain, d'eau et de quelques mirabelles.

Il mangea chichement, respectant la *cacherout*. À 11 heures, le pouls royal était régulier. La fièvre avait un peu baissé.

Il se rassit près d'Hélian qui dormait profondément et s'approcha de la couche royale. Quelle aventure ! Quel destin ! Isaïe repensa au chemin qui l'avait conduit à soigner et veiller ce jour un grand roi. Jeune, il avait hésité à suivre la voie de son père, la médecine. Il était attiré par l'étude des textes. Il aimait lire, se plonger dans la Torah et échanger avec ses camarades d'étude sur les interprétations successives des sages qui avaient donné le Talmud. Mais il souhaitait aussi vivre au-delà des livres et venir en aide aux autres. Il admirait les prouesses qu'accomplissait Cerf Isaïe, son regretté père. En 1716, celui-ci était devenu le médecin attitré du tout nouveau prince-électeur du Palatinat, Charles III. Isaïe n'avait que onze ans, ils avaient alors déménagé à la cour à Mannheim, préférée par Charles aux ruines du château d'Heidelberg. Là, il avait découvert la mission sacrée de sauver des vies. Cerf Isaïe soignait le prince et sa nombreuse famille mais aussi d'autres nobles de la cour et sans jamais refuser ses services aux plus démunis. Isaïe comprit vite que ce savoir ancestral et unique des médecins juifs, allié aux découvertes plus récentes, permettait la guérison et donc le triomphe la vie. Il errait souvent avec ses frères et sœurs dans le château, et jouait avec les enfants de la cour. Il avait appris les manières, découvert les fastes, mais aussi le sens insipide de ces vies de courtisans et d'intrigues picrocholines. Il préférait se plonger dans le Talmud et interpréter les grands textes des vrais grands rois, de David à Salomon. Bien qu'attiré par l'étude, il choisit alors la médecine, comme son père et son grand-père mais aussi comme de très grands commentateurs et sages juifs, Maïmonide ou, plus près de lui en Italie, Isacco Lampronti de Ferrare.

Il aimait ce moment où, comme dans un combat, la mort recule devant la science. Tant d'ignorance en ce siècle marquait encore les hommes. Mais des savants et des lettrés en France comme ailleurs en Europe diffusaient de nouvelles idées. Le progrès n'était plus impie, il était de nouveau en marche et peut-être conduirait-il un jour à la liberté ? Il commençait à entrevoir un avenir meilleur. Sa vie le comblait, il aimait sa femme comme au premier jour et leur complicité de tous les instants, même les plus intimes. Elle était toujours à ses côtés pour venir en aide aux autres. Cinq de leurs enfants avaient survécu, la perte des cinq autres avait été à chaque fois un long déchirement, pour le père comme pour le médecin.

Il regarda Louis XV de nouveau. Et dire qu'à moins d'un mètre de lui se repose celui qui est vénéré et craint par tous les Français. La maladie dénude les rois comme les plus faibles. Ils se ressemblent face à la mort et à la maladie. Isaïe observait Louis sans sa perruque, ses poudres, ses tenues d'apparat, ses décorations, celui-ci n'était qu'un homme de trente-quatre ans amaigri, fiévreux, fatigué. Et lui un autre homme de trente-neuf ans. Le regardant de « visage à visage ». Ayant le pouvoir et le devoir de le sauver. Une certaine plénitude empreinte d'appréhension l'envahit.

Isaïe Cerf Oulman, fils de Cerf Isaïe Oulman, petit-fils de Jacob Oulman, médecins de père en fils, était-il en passe de réussir sa mission, sauver la vie d'un roi, l'un des plus grands et puissants seigneurs sur terre ?

22

Dimanche 16 août à l'aube

À 6 heures, un rai de soleil s'invita dans la chambre royale. Alors que les autres dormaient, Isaïe en profita pour prononcer les prières du matin. N'ayant pas le temps de réciter le *cha'harit* en entier, il se contenterait de louer le Tout-Puissant, de dire le *chema*. Plongé dans ses prières, il n'entendit pas le roi se réveiller.

Louis XV ouvrit les yeux. Il se sentait mieux. Que lui était-il arrivé ? Il avait un souvenir atroce de fièvres, de tourments, de cris, de menaces, de crucifix brandis, d'éclats de voix. Là, tout paraissait calme, à part un murmure venu du fond de la chambre. Il se dressa dans sa couche, stupéfait. Près de lui dormaient dans des fauteuils son fidèle Lebel et un médecin militaire. Au fond de la pièce, un autre médecin militaire coiffé d'un bicorne priait dans une langue mystérieuse en lui tournant le dos. Le roi tendit l'oreille. Cette langue, il l'avait déjà entendue...

– Lieutenant, au roi, vite ! s'écria-t-il.

Oulman interrompit sa prière, se retourna, avança et le salua.

– Sire, je suis bien aise de vous voir réveillé et si alerte de bon matin. Puis-je vous examiner ?

– Qui êtes-vous, lieutenant ? Je ne vous connais pas !

– Votre Majesté, je suis Alexandre de Montcharvaux, chirurgien-lieutenant retraité des régiments d'Alsace, au service du maréchal de Belle-Isle et aux ordres de Votre Majesté.

– Je m'en souviens vaguement, Montcharvaux. Belle-Isle vous a effectivement présenté, ainsi que l'autre médecin endormi. Est-ce à vous que je dois de me sentir enfin mieux ce matin ?

– Sire, c'est aussi à votre splendide constitution. En vous administrant certaines médecines, je n'ai fait qu'accélérer votre guérison.

– Je vais donc vivre ?

– Oui, Sire, vous êtes hors de danger. Vous avez souffert d'une dysenterie.

– Pourquoi donc mes médecins ne sont plus là ?

– Ils vous voyaient condamné. Ils se sont retirés.

– Mais qu'ont-ils entrepris depuis le début de ma maladie ?

– Ils ont purgé et saigné Votre Majesté.

– Oui, je me rappelle. À chaque saignée, je sentais la vie me quitter.

– Sire, si vous me permettez, ces traitements vous affaiblissaient là où il fallait vous stimuler.

Le roi dévisagea Oulman.

– Lieutenant de Montcharvaux, pourquoi récitiez-vous des prières en hébreu à la fenêtre ?

Surpris, Oulman hésita.

– Sire, vous vous méprenez, ce n'était point de l'hébreu.

– Lieutenant, l'hébreu est l'une des langues sacrées dont le bon roi François Ier rendit l'enseignement obligatoire quand il créa le Collège de France, il y a plus de deux cents ans. L'abbé Fleury, mon premier confesseur, m'a appris le latin, le grec, et donné des rudiments d'hébreu, qu'il maîtrisait parfaitement. Il est d'ailleurs l'auteur d'un livre important, *Les Mœurs des israélites et des chrétiens*. Vous écoutant, j'ai reconnu une prière juive qu'il m'a enseignée, la plus sacrée !

Le roi se mit à réciter.

– *Chema, Israël, adonaï elo-hénou, adonaï e'had*. J'ai toujours aimé la concision et la force de cette prière. « Écoute Israël, l'Éternel, notre Dieu, l'Éternel est un. » C'est celle que les Juifs nomment, si je me rappelle bien, le *chema Israël*. Qui êtes-vous donc Montcharvaux ? Si tel est votre nom ? On ne ment pas au roi.

Oulman se reprocha son imprudence. Mais comment imaginer que le roi si faible se réveillerait, l'écouterait et surtout reconnaîtrait une prière en hébreu ? Il lui devait la vérité.

– Sire, je suis le docteur Isaïe Cerf Oulman, médecin de la communauté juive de Metz. Je descends d'une longue lignée de médecins de Metz. Feu mon père, le docteur Cerf Isaïe Oulman, était médecin à la cour du prince-électeur du Palatinat. Diplômé de la faculté de Giessen, j'exerce dans cette bonne ville depuis douze ans.

Louis XV fulminait. Qui diantre avait permis à ce Juif déguisé en militaire d'approcher sa couche ! C'était un complot ! Il ferait arrêter l'imposteur, on le jetterait avec ses complices au cachot. Il hésitait pourtant, ce Juif l'avait soulagé et parlait avec raison. Louis savait dans son corps que les saignées de son premier chirurgien le tuaient. Avant de punir Oulman, il souhaitait en savoir plus.

– Docteur Oulman, que faites-vous dans ma chambre, usurpant l'uniforme et le nom d'un médecin militaire ?

Isaïe, qui mesurait dans le regard du roi l'inquiétude et la méfiance, décida de tout lui révéler. Il lui raconta son amitié avec Hélian, la guérison du capitaine d'artillerie, l'emprunt de l'uniforme à Montcharvaux, l'éloignement du lieutenant de Metz. Il n'oublia pas les tentatives de Belle-Isle, Marcot et Lebel pour le conduire au roi. Louis XV n'en perdait rien. Décidément, habile à la guerre, rusé en ambassade, le fidèle Belle-Isle était assez inventif pour lui sauver la vie, en bernant le parti des dévots et celui des princes, et le faire guérir par un Juif ! Bien que de religion mosaïque, le médecin au regard clair lui plaisait. D'un physique agréable et de belle prestance, il parlait sagement, avec compétence. Lui qui s'intéressait à la médecine, il lui demanderait plus tard comment il l'avait soigné.

Fatigué par tant d'efforts, le roi voulait dormir.

– Docteur, nous continuerons cette conversation plus tard.

Oulman venait peut-être de sauver sa tête et celle de ses complices.

23

À 7 heures sonnantes, Belle-Isle entra dans la chambre du roi.

– Montcharvaux, dit-il en évitant de se méprendre devant les serviteurs du roi qui arrivaient, comment se porte Sa Majesté ?

– Monsieur le gouverneur, je vous le confirme, le roi est sauvé. La fièvre est tombée, les maux d'estomac s'estompent, il reprend tout à fait conscience.

– Merci Seigneur d'avoir exaucé nos prières et celles du royaume, dit-il en joignant les mains. Quand sera-t-il rétabli ?

– Il faudra le réhydrater, lui redonner des forces par une alimentation progressivement plus riche et continuer les médecines encore trois jours.

– Montcharvaux, vous avez fait vos preuves, restez le temps qu'il faudra.

– Monsieur le gouverneur, puis-je vous entretenir en privé ?

Après avoir réveillé Hélian pour lui confier la garde du roi, ils sortirent.

Dans le bureau de Belle-Isle, Isaïe raconta comment, au lever du soleil, le roi l'avait entendu réciter en hébreu, le forçant à se démasquer.

– Le roi me chassera pour une telle fourberie ! rugit Belle-Isle qui se décomposait.

– Ne craignez rien, monsieur le maréchal, j'ai pu tout expliquer et être entendu. Notre stratagème, les traitements qui conduisaient à une mort certaine, et comment avec votre aide nous l'avons sauvé.

– Je ne finirai donc point à la Bastille ou dans une autre prison comme mon regretté grand-père ?

– Au contraire, je crois que Sa Majesté, passé un moment de colère, vous en sait gré.

Ils retournèrent au chevet du roi, dont Hélian s'appliquait à étancher la soif. Le teint rosissait, l'œil était plus vif, la fièvre avait disparu.

– Vous voilà, Belle-Isle ! s'écria le roi. Je suis fort aise de vous voir près de ma couche, vous l'un des plus fins stratèges du royaume.

Belle-Isle comprit l'allusion, sourit et salua bien bas.

– C'est moi qui suis heureux de pouvoir constater que Votre Majesté se sent mieux ce matin.

– Oui, Belle-Isle, et ceci, je crois, grâce à la science de vos deux médecins militaires ici présents.

– Comme je vous le disais hier, ils font tous deux honneur aux armées du roi.

Oulman se permit d'intervenir :

– Votre Majesté, vous êtes sur la voie de la guérison, mais il faut encore vous soigner.

– Faites donc, Montcharvaux, c'est bien votre nom n'est-ce pas ?

– Oui Sire, Alexandre de Montcharvaux, chirurgien-lieutenant à la retraite des régiments d'Alsace, pour vous servir.

Le roi sourit à ce jeu. Isaïe lui fit boire une demi-pinte de son élixir, puis demanda à Lebel qu'on lui donnât un bain complet et qu'on changeât ses linges de corps et de lit. Les trois complices se retirèrent.

Le gouverneur et Oulman alertèrent Hélian de la découverte du roi et le rassurèrent. Ils convinrent de sceller davantage le secret.

Revenus dans la chambre, ils découvrirent Louis XV déjeunant de bon appétit, mais légèrement, selon les instructions d'Oulman.

– Belle-Isle, dit le roi, je souhaite m'entretenir avec vous seul à seul, des affaires du royaume et de vos évêchés.

– Sire, à vos ordres. Que puis-je pour Votre Majesté ?

Les médecins et les servants sortis, le roi demanda au gouverneur de s'approcher.

– Maréchal de Belle-Isle, allons au fait. Je vous ai élevé à cette dignité il y a quatre ans pour vos faits d'armes. Je vous ai nommé ambassadeur extraordinaire en Allemagne où vous avez fait merveille. Vous avez commandé en Bohême et bravement pris Prague. Vous gouvernez depuis dix-sept ans avec habileté et poigne les Trois-Évêchés et vous nous les attachez encore plus au royaume.

Flatté de l'hommage, mais craignant la suite, le maréchal salua.

– Mais j'ignorais, continua le roi, que vous étiez aussi un forban, ami des empiriques, des charlatans et même des Juifs !

Le gouverneur blêmit.

– Sire, vous étiez mourant, abandonné de vos médecins, ou plutôt de vos bouchers. Dans mon hôtel, sous ma garde, je ne pouvais vous laisser agoniser. J'ai conçu ce stratagème, que vous seul avez percé, pour conduire dans votre chambre le plus compétent médecin de Metz, le docteur Oulman.

– Vous osez donc avouer que vous avez permis à un Juif de donner des médecines ou peut-être des poisons à votre monarque très chrétien ?

Belle-Isle avait toujours parlé franchement à Louis XIV, au régent et à Louis XV.

– Sire, à la guerre seuls comptent les actes, les hommes et les compétences. J'ai pris sur moi de vous sauver, en appelant le meilleur en dépit de sa religion. À propos de religion, l'évêque de Metz, Saint-Simon, et celui de Soissons se réjouissaient à l'avance de votre décès ! Voici la prière pour la santé de Votre Majesté, rédigée par le grand rabbin de Metz. Il tendit au roi la prière d'Eybeschutz que lui avait remise Oulman. Eh bien, Sire, quand je lis cette prière, je juge les hommes à leurs actes et non à leur religion.

Le roi lut le texte. Ému, il se radoucit.

– Vous êtes un brave et un sage, Belle-Isle. Vous avez agi avec discernement. Je vous en saurai gré. Mais personne ne devra apprendre que je dois la vie à un Juif. Les dévots ne me le pardonneraient pas, ni à vous d'ailleurs. Donnez-moi maintenant des nouvelles de la guerre. Évitez les intrigues de la cour, les complots des princes et des évêques, ils m'indiffèrent.

Le gouverneur présenta la situation militaire, qui devenait critique. De son quartier général de Sélestat, affecté par l'état du roi, Noailles avait retardé l'offensive. Le prince Charles du Saint Empire en avait profité pour franchir le Rhin et foncer sur la Bohême. Noailles ne bougeait toujours pas. Les Prussiens, alliés des Français, avaient exprimé leur colère.

Fatigué par cette discussion et des mauvaises nouvelles sur la conduite de la guerre, le roi demanda à se reposer.

24

Dimanche 16 août après-midi

Au vu de l'amélioration de la santé royale, Oulman commanda un déjeuner plus copieux, un bouillon d'os à moelle avec des carottes, suivi de filets de dinde rôtis aux pommes de terre à l'eau. Le roi mangea avec appétit. Les couleurs revenaient, la fièvre et les spasmes aussi, mais plus espacés.

Toujours aux côtés de son ami, Hélian n'en revenait pas de cette guérison.

De bonne humeur, Louis s'adressa à eux :

– Mes bons médecins, mes sauveurs, je sens les forces me revenir. Malgré mes péchés, je ne me voyais pas mourir à trente-quatre ans en laissant ma couronne à un enfant de quinze ans.

Il voulut s'entretenir seul avec le médecin-major Hélian. Tous se retirèrent.

– Hélian, approchez-vous. Oulman et Belle-Isle m'ont tout raconté. C'est à vous, à votre amitié pour ce médecin juif que je dois ma guérison. Souhaitez-vous devenir médecin du roi à la cour ? Je chasserai bientôt les incapables qui m'ont affaibli et abandonné. Demandez, vous serez entendu.

– Votre Majesté est trop bonne, mais je n'ai rien entrepris pour mon bénéfice. J'ai agi par devoir pour mon roi, la couronne et le royaume de France.

– Hélian, je connais votre dévouement de soldat et de médecin, mais que désirez-vous ?

– Sire, vous me faites trop d'honneur en me proposant de servir auprès de Votre Majesté. Mais la cour, ses intrigues et ses flagorneries me déplaisent. Et puis je ne suis pas si bon médecin, j'ai tant de choses à apprendre. C'est la science du docteur Oulman qui vous a sauvé, non la mienne.

– J'aime votre franchise, Hélian. Elle me change des courtisans. Que souhaitez-vous donc ?

– Sire, l'étude des maladies me passionne. J'aimerais pouvoir me consacrer à la rédaction d'un dictionnaire du diagnostic, ou l'art de connaître les maladies, que j'ai entamé.

– Voilà une belle et noble idée. Je serais fort intéressé par la lecture d'un tel ouvrage. Mais en quoi cela dépend-il de moi ?

– Sire, vous pouvez m'attribuer une rente, qui me permettra de vivre et de quitter l'hôpital militaire afin de me consacrer à mes recherches.

– Hélian, votre roi vous l'accorde. J'en donnerai ordre à Belle-Isle. Retirez-vous maintenant et faites entrer Montcharvaux, ou devrais-je dire Oulman ?

Confus, Hélian remercia, salua, se retira.

Oulman entra dans la chambre du roi.

– Que puis-je pour vous, Votre Majesté ?

– Oulman, approchez. Vous m'avez, il me semble, sauvé la vie.

– Votre Majesté est trop bonne, le mérite en revient à votre complexion.

– Arrêtez là Oulman, je suis suffisamment instruit des choses médicales pour savoir que ce prétentieux de La Peyronie m'assassinait à petit feu.

– Que Votre Majesté soit remerciée de ces paroles que tout médecin aime entendre. Mais plus que la reconnaissance, seule la guérison compte.

– Je veux vous remercier. Que souhaitez-vous ? Demandez, Oulman, le roi vous exaucera.

Surpris par la proposition, Isaïe réfléchit.

– Sire, pour moi rien. Pour mon peuple, la justice et l'honneur.

Étonné par cette réponse lapidaire, le roi se redressa.

– Qu'est-ce que cela ? Quelle impertinence ! Que voulez-vous ?

– Sire, je suis comblé. Je suis médecin de la communauté juive de Metz, l'une des plus brillantes et enviées d'Europe. J'aime mon épouse qui m'a donné dix enfants, dont cinq ont survécu. Mon beau-père banquier et ancien syndic de la communauté nous a laissé des biens. Sire, je ne peux rien souhaiter de plus. Mais puisque vous me le demandez, j'aimerais obtenir justice et honneur pour la nation juive en votre royaume.

– Poursuivez Oulman. Je ne comprends rien, ni n'entends ce que vous voulez.

– Sire, si vous me le permettez, j'aimerais plaider la cause de mon peuple auprès de votre royale seigneurie.

– Poursuivez, poursuivez donc !

Isaïe repensa au dernier shabbat familial, au vibrant plaidoyer de Moyse pour leur nation.

– Sire, depuis la destruction du Second Temple, il y a dix-sept siècles, la nation juive porteuse de la parole divine a vu son pays, son royaume détruit, son peuple dispersé sur la surface de la terre. Pendant le premier millénaire, nous avons joué un rôle majeur dans le développement de la religion et du savoir en Europe. Nous étions intégrés, tolérés. Nous étions libres. Combattant dans les légions romaines, les premiers Juifs étaient arrivés au Ier siècle en Gaule. Pour nous récompenser, César nous offrit, comme à tous ses légionnaires, des terres. C'est ainsi que nous nous sommes établis dans ce beau duché de Lorraine. Nous avons pris femmes parmi les jolies Gauloises, païennes que nous avons converties en leur apprenant l'existence d'un Dieu unique. Nous avons été les alliés des rois de France. Pour remercier les Juifs de Narbonne de leur aide contre les Maures, Pépin le Bref a offert à l'un des nôtres une principauté en Septimanie et la main de sa sœur. Dans notre bon royaume de France, bien avant les premières églises, les premiers lieux de prière monothéistes furent des synagogues.

– Oulman, je sais votre grandeur passée et déchue. Mais aujourd'hui vous n'êtes qu'un peuple méprisable, d'usuriers et d'habiles commerçants.

– Sire, nous devons notre état présent à nos persécuteurs, qui nous maintiennent dans l'opprobre et la misère. Les croisades et certains papes ont rompu l'équilibre du dialogue et de la tolérance. Les premiers crimes furent commis contre notre peuple. Le fertile dialogue religieux entre juifs et chrétiens cessa. Les très sages rabbins du XIe siècle, comme Rachi et ses disciples consultés par les princes et les rois, ont vu leur descendance chassée du royaume. La famille de mon épouse descend d'ailleurs de Rachi, l'un des premiers prosateurs en langue française. Certains rois de France nous taxèrent, nous pillèrent, avant de nous chasser. Français depuis tant de siècles, nous avons dû émigrer vers des provinces limitrophes, dont les souverains nous ont protégés, comme dans le Comtat Venaissin ou les provinces de Lorraine et d'Alsace.

Louis XV s'agaçait, il n'avait jamais entendu un Juif parler et de plus si franchement. Il se rappelait les lectures des textes sur la grandeur des Hébreux conseillés par l'abbé Fleury. Comme tout bon chrétien, il estimait que la déchéance de ce peuple relevait d'un décret divin pour leurs crimes, leur félonie et leur aveuglement à ne pas reconnaître le Messie, le fils de Dieu. Et voilà que ce docteur lui donnait un cours d'histoire en accusant les rois de France comme les papes. C'était trop d'impudence.

– Oulman, cessez là ! La misère et le juste opprobre où vit votre peuple ne sont que le résultat de sa perfidie et de son refus de reconnaître la Sainte Parole.

Isaïe se tut, salua et se retira.

25

Dimanche 16 août au soir

La nuit tombait quand le roi fit venir le gouverneur.

– Belle-Isle, pour récompenser Hélian, vous lui ferez donner une rente de quatre mille livres par an afin qu'il se consacre à ses recherches. Dispensez-le également d'une partie de son travail à l'hôpital militaire.

– Vos désirs sont des ordres, Sire. Ne faudrait-il pas remercier également le docteur Oulman ?

– Certainement pas. Il a refusé d'être récompensé et m'a demandé « justice et honneur » pour son peuple. Je ne sais pas ce qu'il veut. Il m'a ensuite raconté des fadaises sur l'histoire des Juifs en notre royaume, avec l'outrecuidance d'insulter notre sainte Église, ses papes et nos bons rois. Ce perfide n'aura rien.

Dans la soirée, la fièvre revint. Le roi fut de nouveau affecté d'horribles crampes. On appela le docteur Du Moulin, un fidèle du roi, arrivé de Versailles. Impressionné par la science de « Montcharvaux », il laissa Oulman soigner Louis XV en prenant des notes. Isaïe refit boire le roi abondamment, lui donna une nouvelle dose d'émétique. Celui-ci vomit et se sentit mieux. On lui fit de nouveau boire une demi-pinte de la potion, accompagnée de riz et de carottes.

26

Lundi 17 août 1744

À 7 heures du matin, le docteur Du Moulin courut chez le gouverneur.

– Monsieur le maréchal, le roi ne mourra pas.

Belle-Isle, peu croyant et n'aimant pas les gens d'Église, s'agenouilla pourtant, pria et remercia le Seigneur.

– En êtes-vous bien sûr, Du Moulin ?

– La nuit fut terrible, avec de la fièvre et des spasmes, mais votre Montcharvaux est un magicien. Il a vaincu le dernier accès de cette dysenterie. Il me réconcilie avec les médecins militaires. Sa Majesté dort. Il lui faudra quelques semaines de repos pour se fortifier, mais elle vivra.

Belle-Isle donna l'ordre de diffuser la nouvelle dans le royaume et envoya des messagers à la rencontre de la reine et du dauphin pour la leur annoncer. Il prévint même son ennemi Saint-Simon, évêque de Metz, afin que celui-ci fasse célébrer des messes pour la guérison du roi.

Vers 9 heures, le roi se réveilla encore faible de cette nuit de fièvre et fit venir Du Moulin.

– Alors, mon bon Du Moulin, quelles nouvelles pouvez-vous me donner de la santé de votre roi ?

– Vous vivrez, Sire, je vous le garantis. Ce docteur de Montcharvaux est un génie en avance sur son temps. Il maîtrise l'art du diagnostic, des médecines et des soins. Je n'ai fait que l'assister. Laissez-le s'occuper de vous encore quelques jours et dans un mois vous conduirez l'armée du Rhin à la victoire.

Soulagé, le roi voulut s'entretenir seul avec Oulman, qu'il fit venir.

– Mon bon docteur aux identités multiples, vous m'avez donc encore sauvé cette nuit !

– Votre Majesté est trop bonne et je demeure à ses ordres.

– Je vous ai demandé hier ce que vous souhaitiez comme récompense. Vous avez osé me donner un cours d'histoire et de morale, à moi, votre souverain. Je renouvelle donc ma question : que désirez-vous ?

Oulman avait mesuré sa maladresse de la veille. Pour la première fois depuis Clovis, Pépin le Bref, Charlemagne ou Clotaire, un Juif avait pu parler au roi pour son peuple. Il y avait pensé toute la nuit, en le soignant. Il ne pouvait lutter contre des siècles de mépris de l'Église envers les Juifs. Il ne pouvait venger ses aïeux chassés de Paris, de Champagne, de Brie, de Provence, où ces savants avaient pourtant œuvré à la renommée de ces provinces. Comment convaincre un roi jouisseur, peu au fait du commerce entre les pays, du rôle positif des Juifs au sein des nations qui les accueillaient ?

Seul comptait, comme en médecine, le résultat. Et s'il obtenait qu'enfin les Juifs de France portent le doux titre de Français, sa mission serait remplie. Il devait saisir l'occasion d'obtenir justice pour son peuple avant que la cour, la reine, les distractions, les maîtresses et la conduite des armées ne fassent oublier à ce roi versatile sa guérison et ses promesses.

– Comme en toute chose, vous avez raison, Sire. Vous m'avez posé hier une question simple, et je me suis égaré, souffrant des injustices faites à mon peuple, dans une inutile digression historique.

– Trop longue et insultante pour notre monarchie et la sainte Église.

– Sire, comme je vous l'ai dit, continua Isaïe sans broncher, je vous remercie très humblement. Mais je ne désire rien, ni pour moi ni pour ma famille. Je ne souhaite que justice et honneur pour la nation juive.

– Oui, mais que voulez-vous donc ? s'écria Louis XV.

– Sire, nous ne réclamons ni grâce, ni faveur, ni privilège. Nous supplions qu'on lève la barrière cruelle nous séparant des autres sujets de Sa Majesté, qu'on abolisse les distinctions humiliantes nous éloignant de la vie publique. Qu'il soit permis à chaque Juif d'habiter le lieu de son choix, que l'exercice de tous les arts nous soit autorisé. Que les bras destinés au service de la société ne soient pas condamnés à l'inaction. Que les établissements scientifiques nous accueillent à l'égal des autres membres de la société. Qu'enfin, pouvant et voulant remplir les mêmes devoirs que chaque Français, nous ayons les mêmes droits aux encouragements qui lui sont offerts.

– Que désirez-vous donc, à la fin ? l'interrompit Louis.

– Sire, notre vœu le plus cher demeure d'avoir l'honneur de porter haut et fort le plus noble des titres, celui de Français. Cette reconnaissance nous rendrait au nombre des membres les plus utiles au royaume et à Votre Majesté, pour nous qui sommes français depuis dix-sept siècles sans jamais pouvoir en porter le nom.

– La voilà donc, votre récompense ! Vous avez enfin parlé clairement. Vous souhaitez que la nation juive, résidente de mon royaume, devienne française, avec les mêmes devoirs et droits que tout autre Français ?

– Oui, Sire, telle est la récompense que j'ose très humblement requérir de Votre Majesté.

– Je vous ai écouté, mais vous ai-je entendu ? J'y réfléchirai.

Isaïe sortit.

Lebel entra dans la chambre et annonça le comte de Clermont.

– Ah ! te voilà enfin, Clermont, fit le roi. Sais-tu que je ne meurs plus ?

– Oui, Majesté, le miracle s'est réalisé. Le Seigneur a entendu nos prières, comme le clament les évêques de Soissons et de Metz. Votre confession publique, votre repentance et votre promesse d'ériger une basilique grandiose pour sainte Geneviève vous ont sauvée.

Le roi le regarda avec affection et incrédulité. Ces dévots avaient-ils raison ? Il se sentait quand même fichtrement mieux depuis que les potions d'Oulman avaient remplacé les saignées de La Peyronie et les déclinaisons latines de Chicoyneau, sans parler des sermons et des prières des évêques de Metz et de Soissons !

– Bien sûr, Clermont. Sainte Geneviève, la protectrice de Paris sous laquelle je me suis placé, aura son église, et la plus majestueuse. Fais venir Bouillon, d'Argenson et Belle-Isle, j'ai à vous entretenir des affaires de France.

Une fois les quatre nobles réunis, Louis XV reprit :

– En ce 17 août 1744, je sais que je vais vivre. Je veux donc reprendre la direction du royaume. Quelles sont les nouvelles ?

– Sire, répondit le duc de Bouillon, les yeux rougis. La reine vole à votre chevet, brûle les étapes et devrait arriver ce soir. Monsieur le dauphin se trouve à Châlons-en-Champagne, en route vers Verdun.

D'Argenson l'interrompit.

– Que je suis aise de voir enfin Votre Majesté avec le rose aux joues ! J'ai pris sur moi d'envoyer des messagers pour informer Son Altesse, votre épouse, de nos espoirs quant à votre guérison. La reine m'a fait répondre qu'elle se hâtait.

– Très bien, mes fidèles lieutenants. Faites accélérer la reine, je dois lui demander pardon. Par contre, arrêtez le dauphin à Verdun. Je ne suis pas pressé de recevoir celui qui certainement venait chercher son trône.

Ainsi fut fait.

À l'heure du repas, accueillis en sauveurs par Lebel et Belle-Isle, Oulman et Hélian ne purent que constater les progrès dans le rétablissement du roi.

Arrivés à fond de train, les carrosses de la reine et de sa suite s'arrêtèrent devant l'hôtel du gouverneur. Marie courut, se jeta à genoux au chevet du roi et le réveilla.

– Ah ! c'est vous, madame ! Je vous demande pardon du scandale que j'ai causé, des peines et des chagrins que je vous ai faits. Me pardonnez-vous ?

La reine larmoyait sans répondre. Le roi insistait :

– Me pardonnez-vous ?

Étreinte par l'émotion, la fatigue du voyage, cette guérison inespérée et ce repentir, elle ne savait que hocher la tête en signe d'assentiment. Pendant une heure, celle qui l'aimait comme au premier jour resta attachée à son cou.

Le roi fit chercher son confesseur, le père Pérusseau, pour qu'il fût témoin de cette tendresse et de cette réconciliation.

Le dauphin avait reçu l'ordre de s'arrêter à Verdun. Mais le duc de Châtillon, le gouverneur du jeune prince, désobéit et vint présenter le dauphin au roi. Belle-Isle tenta de l'en empêcher, de crainte que la vue de l'héritier ne réveille la maladie. Châtillon refusa de se ranger à l'argument. Belle-Isle argua alors d'un risque de contagion. Rien n'y fit.

Châtillon pénétra dans la chambre et présenta le dauphin au roi.

– Mon fils, vous êtes tant pressé de régner que vous contrez mes ordres, lui assena le roi, persuadé qu'il était poussé par sa mère et le parti des dévots.

Insensible aux larmes filiales, Louis XV conserverait le souvenir perpétuel de cette désobéissance.

27

Le 18 août au matin, Isaïe examinait le roi.

– Montcharvaux, mon bon médecin, vous m'avez ressuscité avec vos élixirs. Je saurai vous en être reconnaissant et donnerai des instructions à Belle-Isle. Laissez vos prescriptions à Du Moulin qui me veillera désormais.

Le docteur Isaïe Cerf Oulman comprit : il avait sauvé la vie du roi, mais sa requête d'émancipation pour son peuple resterait vaine.

– Sire, Votre Majesté vivra et régnera longtemps. Permettez-moi de souhaiter que cette guérison apporte bonheur et justice à l'ensemble de vos dévoués sujets et grandeur au royaume de France.

L'après-midi, Belle-Isle fit venir Oulman dans son bureau.

– Cher docteur, sachez que ma reconnaissance est infinie. Je serai toujours là pour vous et les vôtres. Vous avez sauvé notre roi et avec lui les frontières du royaume et peut-être la Couronne.

– Votre Excellence est trop bonne. Ma science et la sagesse de mes pères m'ont permis de soigner le roi. Mais votre résolution et votre stratagème m'ont conduit jusqu'à lui, sans oublier l'appui de notre cher Hélian.

Belle-Isle s'étonnait toujours de cette noblesse d'âme et de cœur. Si Isaïe n'avait pas été juif, le roi l'aurait sûrement anobli.

– Oulman, le roi m'a demandé de vous récompenser. Connaissant les lourds impôts qui pèsent sur vous, comme sur tous les Juifs de Metz, j'ai décidé de vous exempter vous et votre descendance de la taxe du duc de Brancas.

– Excellence, permettez-moi de vous en remercier.

– Écoutez-moi jusqu'au bout. Vous serez aussi exempté de loger chez vous des officiers de ma garnison, comme il incombe à tous les notables juifs. Enfin, je demanderai au meilleur artiste de mon palais de peindre votre portrait, afin que votre descendance se souvienne toujours des traits de l'illustre ancêtre qui eut l'honneur de guérir notre souverain.

Isaïe salua.

– Votre Excellence est trop bonne. Mais je nc souhaitais aucune récompense, seulement justice et honneur pour mon peuple.

– Je sais, Oulman, le roi me l'a dit. Il en fut fort surpris. Je dois vous avouer que votre plaidoyer l'a ébranlé. Il sait le dévouement des Juifs de France à son royaume, à sa puissance. Il vous protégera, tout comme moi. En revanche, il ne peut accéder à votre demande de citoyenneté.

– Pourquoi donc, monsieur le maréchal ? Pourquoi encore, en ce siècle, tant d'injustice pour mon peuple ?

– Oulman, nous vivons dans un royaume catholique où les dévots et le clergé veillent. Regardez avec quelle cruauté et quel aveuglement on a chassé les huguenots français. C'était il y a si peu de temps, en 1685. Les protestants, pourtant citoyens français, qui contribuaient à la richesse et à l'éclat de notre évêché, durent quitter Metz sous la terreur. Et pour notre malheur, ils s'en allèrent participer à la grandeur des villes allemandes.

– Oui monsieur le maréchal, ce fut une grande injustice. Metz et la France souffrent encore de la perte de cette communauté de l'esprit et du courage.

– Vous voyez donc, Oulman, qu'il est bien trop tôt pour accorder aux Juifs ces droits naturels. Je partage votre souhait, comme nombre d'esprits éclairés de ce siècle. Mais le temps n'est pas venu. J'ajoute qu'après l'aveu public de ses frasques amoureuses, le roi doit faire pénitence et allégeance à l'Église et à la puissance des Jésuites.

Isaïe savait qu'il avait perdu. Mais il espérait qu'un jour ses enfants, ses petits-enfants ou ses arrière-petits-enfants pourraient servir la France en se réclamant du titre tant espéré de citoyen français.

– Monsieur le maréchal, je vous remercie de votre bonté, de votre sagesse et de vos récompenses, que je ne mérite pas. Je n'ai accompli que mon devoir de médecin et les ordres de Notre-Seigneur. Dans les commentaires de notre Loi, il est dit : « Qui sauve une vie, sauve un monde entier. »

Il salua et se retira.

Sacré bougre ! pensa Belle-Isle, et il retourna prendre les ordres du roi.

28

Les dernières journées d'août virent une amélioration constante de la santé du roi. Le peuple s'en réjouissait; malgré la confession publique de ses péchés, Louis était de plus en plus populaire.

Le 25 août, la reine et ses enfants assistèrent à la messe solennelle de la Saint Louis. Au cours de l'office, le surnom de Louis le Bien-Aimé fut donné au roi par un chanoine messin, et lui resta.

Suivant les instructions d'Oulman, qui n'avait plus reparu au palais, Hélian surveillait la convalescence du roi avec Du Moulin, notamment son régime alimentaire. Aux bouillons succédèrent les viandes.

Le 8 septembre, on l'habilla, le coiffa de sa perruque. Pour la première fois depuis un mois, il put tenir un conseil. Mais, devenu mélancolique et indifférent, le roi pensait constamment à Marie-Anne de Mailly-Nesle, dont l'absence le minait.

Il peinait à s'intéresser aux déboires de Noailles en Alsace ou au siège de Fribourg du maréchal de Coigny.

De son côté, la duchesse de Châteauroux avait gagné Paris après un voyage périlleux. Dans la descente de la route de Montmirail à La Ferté-sous-Jouarre, passant devant l'auberge de Condé, elle avait été reconnue avec sa sœur. Un notable avait empêché le peuple de les molester. À Paris, une douce espérance animait la duchesse depuis la guérison de son prince. Elle écrivit à son protecteur Richelieu pour lui dire qu'elle souhaitait revoir son roi en « amie ».

Furieux d'avoir été humilié publiquement par une canaille de dévot, le roi rappela son fidèle Richelieu et lui demanda un mémoire sur les agissements de chacun pendant ces dix jours aux portes de la mort. Richelieu lui révéla les intrigues des évêques, la lâcheté du père jésuite, les complots des princes, l'incurie des médecins, l'abandon de la cour. Le duc souligna la force morale de Belle-Isle, sa sollicitude à l'égard des deux sœurs et son rôle déterminant dans le choix des « fameux médecins militaires » qui l'avaient sauvé.

Remâchant sa colère contre ceux qui lui avaient manqué, Louis XV sourit cependant à l'évocation des « fameux médecins militaires ». Militaire, cet Isaïe Cerf Oulman ! Si Richelieu savait... Belle-Isle lui avait rapporté pour son grand plaisir que tous avaient cru à la fable de Montcharvaux. À sa sortie du palais, Isaïe, toujours vêtu en médecin-lieutenant, avait été acclamé par la foule. Heureusement, il avait réussi à s'éclipser avant d'être reconnu, pour se changer chez Hélian.

Depuis la guérison du roi, la reine avait demandé qu'on célèbre quotidiennement une messe dans chacune des paroisses de la ville. Elle veillait à s'y rendre chaque jour. Le 16 septembre, elle priait à l'église des Capucins, le 17, à celle des Carmes.

Ce jour-là, Lebel l'avait accompagnée pour prier à son tour et prendre l'air hors du palais après six semaines au service du roi. En sortant de l'église, le premier serviteur admira les feux de joie tirés en l'honneur de la reine. Puis, au lieu de revenir au palais en longeant la cathédrale, il descendit par la rue au Bardé au bord de la Moselle, pour y flâner un peu. Du quai, rue Fur-les-Moulins, il contempla l'île de Saulcy où les constructions voulues par Belle-Isle allaient bon train. En habit bourgeois, assis sur une borne, il fumait sa pipe quand il avisa un notable perruqué en tenue civile ressemblant à Montcharvaux. Plus il s'approchait, plus le doute s'estompait. Même taille, même silhouette, mêmes traits. Étrangement, Montcharvaux conversait dans une langue mystérieuse avec un Juif, habillé comme un de leurs prêtres. Sans remarquer Lebel, les deux hommes longèrent les quais par la rue des

Cazernes-de-Saint-Pierre. Intrigué, le premier serviteur les suivit. Ils se séparèrent quai des Juifs, devant une grande bâtisse où Montcharvaux pénétra. Lebel héla alors un commerçant qui déchargeait une barge.

– Holà, mon brave ! Quelle est cette longue demeure sur le quai ?

Dérangé dans sa tâche par ce bourgeois au phrasé pointu, le marchand répondit en grommelant avec un fort accent judéo-lorrain.

– C'est l'hôpital de la communauté juive.

Que faisait Montcharvaux en cet endroit ? Visitait-il un confrère ? Se rappelant l'étrange prière entendue dans la chambre du roi, il devint soupçonneux.

– Connaissez-vous le gentilhomme en habit noir, chapeau plat et perruque, qui vient d'y pénétrer ?

– Qui ne le connaît pas dans le quartier ? C'est un saint homme qui soigne chacun, quelle que soit sa fortune. Il dispense des aumônes et fait le bien autour de lui. C'est le docteur Isaïe Cerf Oulman.

– En êtes-vous sûr ?

– Aussi sûr qu'il a sauvé mon fils d'une mort certaine.

Perplexe, Lebel réfléchit. Soit c'était un sosie, soit il y avait intrigue. Il attendit la sortie du médecin pour en avoir le cœur net. Midi sonnant à Sainte-Ségolène, Oulman quitta l'hôpital. Lebel baissa son chapeau, s'enfonça dans un recoin. C'était bien l'homme qui se faisait passer pour Montcharvaux !

Craignant d'être en retard pour le déjeuner du roi, il se dépêcha de retourner au palais.

Fallait-il s'ouvrir à Sa Majesté de cette forfaiture ? Qui avait fait passer ce docteur juif pour un médecin militaire ? Et si ce Juif avait empoisonné le roi ? Ou, pire, converti ? Lebel se rappela l'arrivée du médecin en pleine nuit avec le gouverneur. Belle-Isle complice ? Impossible ! Il était trop dévoué au roi.

Au palais, il fit part de cette découverte à Quentin, son second, lui recommandant la plus grande discrétion. On ne pouvait agir avec précipitation.

Depuis quelques jours, ce Quentin avait gagné les faveurs de Manon, une jolie lavandière du château. Sur l'oreiller, il confia à la belle les soupçons de Lebel quant à l'identité du sauveur du roi. La lavandière s'empressa de partager la nouvelle avec le capitaine Picard, sur un autre oreiller.

C'est ainsi que, le 19 au matin, Belle-Isle apprit de son aide de camp que la fausse identité d'Oulman risquait d'être éventée. Le danger était grand au moment où le parti des dévots regagnait en puissance et où la reine et sa cour multipliaient les messes pour remercier le Seigneur. L'Église triomphait. Le sauveur du roi ne pouvait en aucun cas être un médecin juif. Il fallait tuer la rumeur sur-le-champ. Injurieuse pour le roi, elle pouvait aussi s'avérer fatale pour Belle-Isle, si on découvrait son rôle. En fin tacticien, le maréchal décida d'impliquer Picard, qui lui était dévoué.

– Capitaine, seul ce médecin juif Oulman, qui m'avait soigné, savait guérir le roi. Le lieutenant de Montcharvaux existe bel et bien, vous me l'aviez amené, nous lui avons emprunté son uniforme. Sa Majesté est informée du stratagème. C'est un secret d'État. Si vous le dévoilez, vous serez jeté au cachot; si vous le gardez, vous serez promu chef de bataillon dans un régiment d'Alsace. Sautez sur votre cheval et ramenez-moi au plus vite le vrai Montcharvaux revêtu de son grand uniforme.

– À vos ordres, monsieur le maréchal, je sais garder un secret. Mais Lebel et Quentin, et Manon ?

– J'en fais mon affaire.

Picard sorti, Belle-Isle convoqua Lebel.

– Mon cher Lebel, je vous félicite. Vous êtes le plus fidèle et dévoué des serviteurs du roi. Vous avez joué un rôle éminent dans sa guérison. Je vous ai recommandé auprès de Sa Majesté.

– Votre Excellence est trop bonne. Je n'ai fait qu'honorer ma charge au service de Sa Majesté.

– Vous êtes également un excellent espion. Vous pourriez faire merveille en éclaireur de nos troupes.

Lebel blêmit.

– Lebel, poursuivit Belle-Isle, je suis un soldat, j'apprécie la franchise. Vous avez percé ma ruse. J'ai fait appel au docteur Oulman, de la communauté juive, pour sauver le roi. J'ai conçu cette manœuvre pour tromper les dévots.

Lebel tressaillit. Le guérisseur du roi, un Juif !

– Le secret est gardé, et le roi protégé, ajouta Belle-Isle. Mais si l'Église, l'évêque de Soissons en tête, apprenait le subterfuge, l'image restaurée du roi serait à nouveau ternie. Pour la protection de votre maître, je vous ordonne de dire à votre second que vous vous êtes trompé, et qu'il en fasse de même avec sa galante.

– Monsieur le duc, j'ai vu les soins apportés à mon roi par ce Juif. Je suis soulagé d'entendre qu'il a votre confiance. Je garderai le secret royal. Vous avez ma parole.

Le gouverneur alla ensuite alerter le roi.

– Belle-Isle, les couloirs du palais s'animent déjà. Faites cesser ces rumeurs au plus vite.

– Je sais, Sire, c'est pourquoi j'ai une faveur à demander à Votre Majesté pour couper court aux commérages.

– Je vous écoute.

– J'ai fait mander le vrai Montcharvaux au palais. Le mieux serait que vous le receviez en audience pour le récompenser de votre guérison devant certains nobles de votre cour qui n'ont jamais rencontré Oulman.

Louis comprit la ruse et acquiesça.

Le gouverneur fit quérir Montcharvaux.

– Lieutenant, vous avez accompli votre mission. Vous avez disparu et su garder le secret. Votre nom circule comme le guérisseur du roi. Le peuple de Metz vous en sait gré, les médecins de la cour vous ignorent. Comme promis, cinquante arpents ont été ajoutés à vos terres de Marly par l'évêché.

– Monsieur le maréchal, je n'ai fait qu'obéir à vos ordres. Vous me voyez honoré, moi le barbier des champs de bataille, d'être ainsi vanté comme le guérisseur du roi au détriment de ces messieurs de la faculté.

– Oui, Montcharvaux, mais vous devez toujours conserver le secret. Sinon il vous en cuira.

– À vos ordres monsieur le maréchal.

– Vous allez avoir l'insigne honneur d'être reçu en audience par Sa Majesté. Elle vous remerciera devant des membres de la cour qui n'ont jamais rencontré le médecin guérisseur. Vous répondrez à ses questions sur le traitement qui lui a été administré.

– Mais je n'en ai aucune idée !

Belle-Isle lui tendit une feuille sur laquelle Hélian avait à sa demande retranscrit la formule de l'élixir d'Oulman.

– Voici la composition de la médecine qui a sauvé Sa Majesté. Apprenez-la par cœur, notre roi saura vous en être reconnaissant.

Le 20 septembre à 11 heures, entouré du duc de Chartres et de la duchesse, du comte de Clermont et du duc de Richelieu, Louis XV reçut dans son bureau, en présence du maréchal de Belle-Isle, gouverneur des Trois-Évêchés, le lieutenant Alexandre de Montcharvaux. Le vieux médecin militaire, peu coutumier de la cour, fut impressionné de tant de soieries, poudres, rubans et décorations. Il salua le plus bas possible. Le roi sourit en découvrant le visage rougeaud de son soi-disant sauveur, sa mâchoire couturée et ses mains de bûcheron. Il se rappela les traits élégants et les fines attaches d'Oulman.

– Monsieur de Montcharvaux, ma santé recouvrée grâce à vos bons soins me permet enfin de vous recevoir et de vous remercier, entouré des princes de sang et du gouverneur.

– Votre Majesté est bien trop généreuse, je n'ai fait que remplir mon devoir de médecin et de soldat des armées royales. Votre guérison est pour moi la plus belle des récompenses.

– Monsieur, pouvez-vous nous dévoiler le secret de vos potions ? Certains de mes médecins qui vous jalousent clament qu'elles sont celles d'un empirique, d'un charlatan même !

Le médecin militaire récita avec conviction la composition du remède d'Isaïe. Un secrétaire du roi en prit bonne note. Louis le remercia.

– Lieutenant réformé Alexandre de Montcharvaux, je vous nomme à partir de ce jour capitaine réformé avec sept cent vingt livres d'appointements.

– Votre Majesté me comble. Permettez-moi de lui souhaiter un long règne.

Le nouveau capitaine s'étant retiré, le roi et Belle-Isle échangèrent un regard complice.

Le 21 septembre, Louis XV quitta Metz sous les vivats et reprit le chemin de la guerre, après un détour par Lunéville pour saluer son beau-père Stanislas, son épouse et ses enfants. Le 5 octobre, acclamé par les habitants, il entrait dans Strasbourg. Le 7, il était à Fribourg. Après un mois de siège, le 6 novembre, la place capitula. Auréolé de cette victoire, Louis entra dans un Paris en liesse le 13 novembre.

Les fêtes et les messes se succédèrent. Ému par tant d'affection, Louis déclara au cardinal de Vintimille, l'archevêque de Paris :

– C'est aux prières de mon peuple que je suis redevable de ma guérison et j'en suis d'autant plus touché que je ne le mérite pas.

Louis oublia vite les potions et les soins d'Isaïe Cerf Oulman, mais pas de se venger. L'évêque de Soissons, duc de Fitz-James, que le roi considérait comme l'âme de la conjuration, fut consigné *ad vitam æternam* dans son diocèse avec interdiction d'en sortir. Châtillon, qui avait outrepassé les ordres royaux, et son épouse, qui avait médit de la duchesse de Châteauroux, furent exilés par lettre de cachet sur leurs terres de Mauléon. La Rochefoucauld et Villeroy, qui avait aidé Fitz-James, connurent le même sort.

Le duc de Bouillon dut rejoindre le duché d'Albret. Le père confesseur Pérusseau ne fut pas banni, mais humilié devant le père supérieur des Jésuites. Plus personne ne voulut se confesser à lui. La confession du roi fut aussi retirée aux Jésuites.

Le premier chirurgien du roi, La Peyronie, qu'on surnommait le « Diafoirus de Versailles », fut congédié et s'en retourna à Montpellier pour couper et disséquer.

De plus en plus gâteux, Chicoyneau continua d'errer dans Versailles mais, précédé par sa mauvaise réputation, il eut du mal à soigner, même les valets.

Après avoir fait justice comme il sied à un monarque de droit divin, Louis força Maurepas, qui avait comploté contre la duchesse de Châteauroux, à porter à celle-ci un billet marquant son retour en grâce.

Humilié, Maurepas apporta ce message le 25 novembre en fin d'après-midi à sa vieille ennemie, qui le reçut avec dédain.

– Monsieur, rassurez mes ennemis sur les craintes qu'ils pourraient avoir que je chercherais à me venger. Je les méprise trop pour cela.

Piqué, Maurepas lui tendit le billet de Louis qui la rappelait à Versailles et lui redonnait toutes ses charges.

– Monsieur, j'ai toujours été persuadée que le roi n'avait aucune part dans ce qui s'est passé à mon sujet.

Elle lui présenta sa main, qu'il baisa. Malgré toutes ses mésaventures, la favorite était de retour en grâce. Elle pouvait de nouveau s'offrir au roi.

Le roi se pressa d'arriver à l'hôtel de Mailly, rue du Bac. Après tant de privations, la nuit de plaisirs laissa la duchesse au petit matin avec un mal de tête violent et de la fièvre. Elle tomba malade et ne quitta plus son lit. Le roi se remit à prier, fit dire des messes. Envoyés à son chevet, les médecins de la faculté de Paris saignèrent par neuf fois au bras, au pied, à la jugulaire, la jeune femme de vingt-sept ans. Désespéré, le roi envoyait chaque jour des proches se relayer à son chevet. Au plus mal, la duchesse accusa Maurepas de l'avoir empoisonnée.

Elle mourut le 8 décembre, sans avoir revu son aimé. L'apprenant, Louis interrompit le conseil et partit à la chasse pour se distraire. Puis il se rendit au Trianon, pour pleurer en compagnie de trois amies de la duchesse, Mme de Modène, Mme de Boufflers et Mme de Bellefonds. Il tenta, sans succès, de se consoler avec une autre sœur Mailly-Nesle, la vertueuse marquise de Flavacourt. Bien vite la duchesse de Châteauroux fut oubliée. Louis avait rencontré dans un bal masqué une superbe Diane chasseresse, âgée de vingt-trois ans, dont il s'éprit follement : Mme Le Normant d'Étioles, née Jeanne-Antoinette Poisson.

Louis avait chassé ceux qui l'avaient trahi, oublié ceux qui l'avaient sauvé et vibrait d'un nouvel amour. Antoinette ne quitta plus sa couche. Ses faveurs lui valurent le domaine de Pompadour et le titre de marquise qui s'y attache.

29

12 janvier 1746

L'hiver était rude à Metz. Il neigeait dru depuis un mois, les glaces avaient saisi la Moselle. Les températures restaient sous les moins dix degrés. À l'hôpital du quai des Juifs affluaient des malades atteints aux poumons et surtout du typhus.

Face à l'épidémie, Isaïe avait multiplié les soins, mais ses coreligionnaires mouraient en nombre. Après la fête de Hanoukka [1], il s'était senti faiblir, tout en continuant de soigner.

Mais depuis cinq jours, il gardait le lit. À quarante et un ans, malgré sa robuste constitution, il savait sa fin proche. La poitrine le brûlait, la fièvre le rongeait. Les boissons et potions de ses

1. Hanoukka est une fête juive hivernale qui dure huit jours. C'est la « fête des Lumières », célébrée par l'allumage d'une bougie supplémentaire chaque soir sur un chandelier à neuf branches.

confrères ne faisaient aucun effet. Il allait mourir et laisser sa femme Ève âgée de trente et un ans, enceinte de leur onzième enfant.

Il rassembla ses forces et l'appela de ce nom judéo-lorrain qu'il chérissait :

– Hébé !

Elle arriva avec son ventre gros de six mois.

– Isaïe, mon aimé, qu'y a-t-il ? Que puis-je faire pour toi ?

– Sois forte Hébé, je vais bientôt partir.

Elle se jeta sur lui en sanglotant. Il l'écarta tendrement.

– Tu ne dois pas m'approcher, mon mal est contagieux pour toi et notre enfant. Je vais mourir, aujourd'hui ou demain. Grâce à ton amour et aux enfants que tu m'as donnés, ma vie bien que trop courte aura été merveilleuse.

Hébé fondit en larmes. Comment ferait-elle sans lui pour élever leurs cinq et bientôt six enfants ? Isaïe cacha son émotion. Il fallait faire vite, il se sentait de plus en plus faible. Il connaissait les signes.

– Je dois te parler de ton avenir et de celui de nos enfants. Envoie vite notre aînée, Breinlé, chercher ton frère Moyse. Prépare une tisane avec beaucoup de miel et un peu d'alcool de mirabelle pour me redonner de la force.

Moyse Spire Lévy arriva, alarmé. Il aimait tant Isaïe, sa sagesse, sa science, son humanité. Il le savait malade, tout comme Isaac, son propre fils âgé de quatre ans. En présence d'Hébé, il entra dans l'humble chambre qui donnait au premier étage sur la rue étroite et givrée. Il s'approcha d'Isaïe et prononça des prières pour la guérison des malades.

Isaïe l'écouta avec affection. Il aimait la voix grave de Moyse, ses prières dictées aux hommes par le premier des médecins, celui dont on ne prononce pas le nom.

Il laissa Moyse terminer et le bénir.

– Moyse, Hébé... débuta-t-il, quinteux et le souffle court. Avant de mourir je dois vous dire une chose de la première importance.

– Le Très-Haut veille sur toi, Isaïe, l'interrompit Moyse. Tu vas guérir.

– Mon bon Moyse, j'aimerais te croire, mais je suis médecin. Mon mal est incurable à ce stade, le typhus décime la ville. Veille bien sur ton petit Isaac, fais-le soigner par Lazare, je crains qu'il ne soit lui aussi atteint.

Moyse pleura pour Isaïe et trembla pour Isaac.

– Je t'écoute, Isaïe.

– Je sais que tu t'occuperas de ta sœur, de nos cinq enfants et du prochain que je ne verrai jamais.

Ève se remit à pleurer.

– Hébé, s'il te plaît, laisse-moi continuer. Je lègue mes biens et ma bibliothèque à ma femme et à mes enfants. Moyse, tu seras leur tuteur.

S'il devait arriver malheur à Ève, tu les prendras avec ta famille. Si le nouveau-né est un garçon, je souhaite qu'il porte mon prénom, et que si D. lui prête vie, qu'il devienne médecin comme moi.

– Isaïe, tu peux évidemment compter sur moi et notre famille. Mon regretté père, banquier et syndic, nous a laissé quelques biens.

– Moyse, je meurs rassuré par ta générosité. Maintenant, je souhaite partager mon secret avec vous. Promettez-moi de le garder et de ne le raconter qu'à mes enfants une fois qu'ils seront majeurs et auront fondé une famille.

– Nous te le promettons ! s'exclamèrent Moyse et Ève.

– Vous rappelez-vous qu'il y a dix-sept mois j'ai quitté Metz pour une semaine ?

– Pendant la maladie du roi, tu étais parti à Châlons-en-Champagne soigner la cousine du gouverneur.

– C'était un mensonge, mon Hébé.

Ève tressaillit. Ce mari si doux, si vertueux, lui aurait-il été infidèle ?

– J'ai passé cette semaine-là à l'hôtel du gouverneur à soigner et guérir le roi.

– Isaïe, la fièvre te trouble, dit Moyse. C'est le médecin capitaine de Montcharvaux qui a sauvé le roi. Tout le monde le sait.

– L'as-tu vu toi, ce Montcharvaux ? Le connais-tu ? questionna Isaïe.

– Des témoins dignes de foi l'ont rencontré et ont raconté comment Montcharvaux a guéri le roi avec un élixir de vingt-quatre mystérieux ingrédients.

– Ce Montcharvaux, c'était moi.

Ève, de plus en plus inquiète, regardait son mari : la fièvre le rendait fou.

– J'étais déguisé en médecin-lieutenant avec la complicité du gouverneur et de mon ami le docteur Joseph Hélian.

– C'est impossible ! s'exclama Moyse. Ceux qui connaissaient Montcharvaux t'auraient confondu.

– Personne ne connaissait les traits de Montcharvaux, sauf Belle-Isle. Il a reçu sa récompense et depuis il reste sur ses terres. Dans le cercle du roi, nul ne connaissait mon visage. Et je n'ai pas quitté la chambre royale ou un bureau fermé.

– Mais pourquoi ce subterfuge ?

– C'était le seul moyen d'accéder au roi. Si Sa Majesté très chrétienne guérissait, cela ne pouvait être en aucun cas des mains d'un Juif.

Moyse et Ève doutant encore, Isaïe tenta de les convaincre une ultime fois :

– Pourquoi croyez-vous que depuis cette époque on m'ait dispensé de loger des officiers de la garnison et de payer l'infâme et lourde taxe Brancas ? Pourquoi ai-je eu l'honneur d'avoir mon portrait peint à l'huile par l'un des artistes du gouverneur ?

– Tu m'avais assuré que c'était en récompense de la guérison de sa cousine, répliqua Ève.

– Je t'avais dit cela pour garder le secret.

– As-tu pu parler au roi ? demanda Moyse.

– Plusieurs fois. Il m'a surpris en train de réciter le *chema*, il a compris que j'étais juif. Il a voulu me gratifier. J'ai refusé mais demandé pour notre peuple son émancipation, ses droits et l'honneur d'enfin devenir français. Moyse, je lui avais ainsi communiqué tes nobles pensées.

– Qu'a-t-il répondu ?

– Hélas, comme tu le sais, les interdits nous frappent toujours. Aux yeux du roi et des lois, nous ne sommes toujours pas des Français. Je mourrai sans que ce roi léger et pleutre devant la mort ait entendu mon plaidoyer pour notre peuple.

Il ferma les yeux pour ne plus jamais les rouvrir.

Le lendemain, au petit cimetière juif de Metz, après le pont des Grilles, fut déposé dans une terre glacée, enveloppé dans son châle de prière, le docteur Isaïe Cerf Oulman.

La foule entourait sa veuve, ses enfants, sa famille. Accompagné de Moyse, le grand rabbin lut les prières et prononça le kaddish. Après les poignées de terre jetées dans la fosse, un médecin militaire s'approcha et prit la main d'Ève.

– Madame, vous perdez un noble et savant époux. Je suis le major Joseph Hélian, j'avais l'honneur d'être son ami. Si vous avez besoin d'aide, je serai là pour vous et vos enfants. Daignez accepter mes respects les plus attristés.

Il lui baisa la main et se retira.

Le soir, alors qu'on se réunissait chez Isaïe pour les prières, on annonça le gouverneur. Le maréchal de Belle-Isle fit son entrée en tenue d'apparat dans ce logis mal chauffé. De mémoire de Juif messin, jamais le gouverneur n'avait pénétré chez l'un d'entre eux. Il s'arrêta devant le portrait d'Isaïe et le salua.

– Le royaume de France vient de perdre l'un de ses plus grands serviteurs.

Il s'inclina devant Ève, lui présenta ses hommages contrits, salua à nouveau le portrait d'Isaïe et sortit.

Ève et Moyse se regardèrent. Isaïe avait dit la vérité.

30

6 septembre 1764

Vingt ans après la guérison du roi à Metz, Paris, l'Église et Louis XV célébraient en grande pompe la pose de la première pierre de la basilique Sainte-Geneviève, sous la protection de la sainte patronne de Paris.

Pour une fois, le roi avait tenu sa promesse en engageant des travaux colossaux. Une loterie avait financé le bâtiment, qui devait faire ombrage à Saint-Pierre de Rome, avec cent dix mètres de long sur quatre-vingt-quatre de large, le dôme culminant à quatre-vingt-trois mètres. Louis avait confié les plans à l'architecte Soufflot, recommandé par le marquis de Marigny, directeur général des bâtiments du roi. Au sommet de la montagne Sainte-Geneviève, cette basilique serait le plus haut monument de France, visible de tout Paris et ses alentours.

Louis XIV avait forgé son siècle en bâtissant Versailles, Louis XV marquerait le sien avec la plus majestueuse église de France. Après la confession de ses péchés avec les sœurs Mailly-Nesle, il devait bien cela à Dieu et à l'Église. Ce repentir ne l'avait pas empêché d'occuper ses nuits avec Mmes de Pompadour, de Châlus de Narbonne-Lara, de Buisson de Longpré, O'Murphy, de Coislin, Haynault, de Romans, d'Estaing, Tiercelin de La Colleterie... Il devait en oublier quelques-unes !

En ce jour de pose de la première pierre, pour édifier le roi et la cour, on avait peint en grandeur nature le futur portail sur une toile tendue sur une charpente. Suivi du très pieux dauphin, Louis XV fut accueilli par Marigny, l'abbé de Sainte-Geneviève et Soufflot qui présenta son projet sur une maquette.

Louis visita les fondations, posa la première pierre. Après une bénédiction, installé avec sa cour dans une tribune, il assista au défilé des troupes et à une cavalcade. Il était heureux, le projet, grandiose : les colonnades inspirées du Panthéon de Rome l'associaient à un César. L'Église lui en serait reconnaissante.

Les festivités terminées, le roi reprit seul son carrosse pour Versailles. De temps à autre, il passait la main à la fenêtre et saluait les Parisiens, se rappelant combien on l'avait fêté au retour du siège victorieux de Fribourg. Vingt ans déjà ! Après sa guérison, on l'avait surnommé Louis le Bien-Aimé. Mais depuis, las de ses guerres, de ses maîtresses et de ses impôts, son peuple l'aimait moins. Les vivats avaient perdu en ferveur. Peu importait, il avait bien vécu, chassant, guerroyant, aimant les femmes. Il demeurait leur roi de droit divin, et cette basilique lui assurerait une sorte d'éternité.

Vingt ans que je fis à ce fourbe de Fitz-James, l'évêque de Soissons, la promesse de cette église, pensa-t-il. Ce dernier ne verrait pas sa victoire, il était mort durant l'été, exilé dans son évêché, Louis s'étant toujours opposé à sa pourpre cardinalice. Il revit les autres traîtres, tous bannis ou morts, puis il pensa à son cher Belle-Isle. Après l'épisode de Metz, il l'avait nommé ministre et secrétaire d'État à la Guerre. Mort depuis trois ans, Belle-Isle lui manquait.

Louis se remémora la soirée du 1er août 1758. Marigny lui avait annoncé qu'on avait béni le terrain de la future basilique le matin même. Ensuite le roi avait reçu Belle-Isle dans son bureau pour parler de la guerre en Bretagne contre les Anglais. À la fin de leur conversation, toujours heureux de la compagnie du vieux maréchal, Louis avait changé de sujet :

– Belle-Isle, savez-vous que les travaux pour la construction de la basilique en l'honneur de sainte Geneviève ont débuté aujourd'hui ?

– Sire, vous m'en voyez ravi. C'est un grand jour pour l'Église et Votre Majesté.

– Vous rappelez-vous d'où me vint cette idée ?

– Comment pourrais-je l'oublier, Majesté ? Vous agonisiez dans ma bonne ville de Metz, et vous aviez promis que, si le Seigneur avait pitié de vous et vous sauvait, vous lui dédieriez une basilique.

– Entre nous, glissa le roi, le Seigneur a bien été secondé par un certain gouverneur.

Ému que le roi se rappelle quatorze ans après le rôle qu'il avait joué dans sa guérison, Belle-Isle sourit.

– Et par deux bons médecins, Sire.

– Vos fameux médecins militaires, Belle-Isle ! Le major Hélian et le lieutenant promu capitaine de Montcharvaux. Enfin… ledit Montcharvaux ! Que sont-ils devenus tous les deux ?

– Le docteur Hélian achève, après avoir dirigé l'hôpital de Metz, un dictionnaire remarquable sur « les diagnostics des principales maladies et les traitements les plus adaptés ».

– Les sciences me passionnent toujours. Vous m'en ferez porter un exemplaire dès sa parution. Et ledit Montcharvaux ?

– Hélas ! le bon docteur Isaïe Cerf Oulman est mort dix-sept mois après votre guérison, en janvier 1746. Quarante et un ans, c'est bien jeune pourtant. Ève, sa femme, l'a suivi dans la tombe cinq ans plus tard, à trente-cinq ans. Leurs six orphelins ont été élevés par leur oncle, le rabbin Moyse Spire Lévy, devenu syndic de Metz. Le fils posthume du docteur Oulman, Isaïe Isaïe, se destine à des études de médecine, comme son père.

– Le sort de ce Juif m'attriste, déclara le roi. Il m'avait fait forte impression. Savant dans la pratique de la médecine, il avait aussi l'antique noblesse de son peuple trois fois millénaire.

– Sire, Isaïe Cerf Oulman était un sage.

– Un sage impertinent. Savez-vous ce qu'il osa me demander en récompense de ses services ?

– Oui, Sire. Que tous les Juifs de votre royaume aient le bonheur de devenir français.

– Vous saviez donc pour cette idée saugrenue ! Je l'ai évidemment rejetée.

– Votre Majesté, je dirige Metz depuis plus de trente ans, et je puis assurer qu'en moult domaines les Juifs mériteraient de porter le beau titre de Français et bien davantage que nombre de vos sujets.

Louis s'étonna de la réponse de son ministre.

– En tous les cas, seuls vous, moi et Hélian savons que c'est Oulman qui m'a sauvé la vie, et cela doit rester ainsi.

Belle-Isle ajouta, malicieux :

– Comme nous sommes les seuls à savoir, Votre Majesté, que nous devons en quelque sorte la future basilique Sainte-Geneviève à un médecin juif de Metz.

31

Vendredi 18 août 1994, Ferme de Suscy-sous-Yèbles, Seine-et-Marne

– François, voici toute l'histoire racontée un après-midi d'octobre 1927 par mon grand-père, Julien Hayem, en présence de toute notre famille. Grand-père avait répondu à ma curiosité. Il nous révéla alors notre parenté en ligne directe avec le docteur Oulman : Isaïe Isaïe, son fils posthume, eut une fille, Sarah Oulman, mère de Simon Hayem et grand-mère de mon grand-père Julien Hayem.

Anne-Marie Heilbronn, née Klotz, ma grand-mère, nous a invités à venir passer la journée dans notre ferme sur le plateau de Brie non loin de Vaux-le-Vicomte. Mon épouse Ariane et nos deux fils, Jean et Aurélien, âgés de quatre et trois ans, sont partis se promener après le déjeuner. Depuis deux heures, j'écoute Mamie sur la terrasse de briques piquetées de fleurs et d'herbes folles, emporté par son récit.

– Mamie, c'est à la fois passionnant et vertigineux. Je serais ainsi le descendant direct d'Isaïe Cerf Oulman à la huitième génération ?

– Oui mon chéri, et en ce jour anniversaire des deux cent cinquante ans de la guérison du roi, j'ai souhaité à mon tour te raconter l'histoire familiale, qui doit être transmise, comme le souhaitait Isaïe Cerf, de génération en génération.

– Et qu'est devenu son dernier fils, Isaïe Isaïe, notre aïeul ?

– Un éminent médecin de la communauté juive de Metz, suivant ainsi la dernière volonté de son père. Il est mort à soixante-seize ans, en 1822, sans avoir quitté sa ville. Mais avant, il avait eu le bonheur de devenir citoyen français comme tous les Juifs de France, par le vote de la Constituante du 27 septembre 1791. Il avait ainsi accompli tous les rêves paternels.

Ma grand-mère revivait l'après-midi affectueux d'automne 1927, avenue de Messine. Avec malice et bonheur, elle évoqua les échanges de cette famille passionnée d'histoire comme les joutes entre son frère François et son grand-père.

« Grand-père avait choisi de nous révéler cette histoire le jour de la cérémonie honorant son fils Émile au Panthéon. Je lui avais demandé pourquoi.

Toujours fin et drôle, il nous fit tous bien marcher ce jour-là. Mon frère François, étudiant à l'époque et fréquentant la bibliothèque Sainte-Geneviève, ravi de prendre en défaut son érudit grand-père, éclata de rire et l'apostropha :

"Tu te trompes grand-père, Louis XV n'a pas tenu parole, je ne vois aucune église Sainte-Geneviève, encore moins de basilique, près de ma bibliothèque. Il y a bien une église, mais elle s'appelle Saint-Étienne-du-Mont, est-ce celle-là ?

– Eh non, cher François ! Mais elle existe bien et tu la vois tous les jours. La basilique Sainte-Geneviève fut construite par l'architecte Soufflot, d'où le nom de la rue qui y mène. Elle fut à Paris, jusqu'à la construction de la tour Eiffel, le bâtiment le plus haut et le plus visible de toute la ville."

Toute notre famille regardait Julien étonné. Aucun de nous ne voyait où pouvait se trouver une telle basilique, si haute en plus. Seuls son frère Georges et son épouse Lucie souriaient, connaissant la chute. Julien, ménageant son effet, marqua un silence et reprit :

"Ses travaux débutèrent en 1758, en 1764 Louis XV posa la première pierre, et les travaux s'achevèrent..."

Il s'interrompit, contempla les siens, son bonheur, sa fierté.

"... s'achevèrent après de nombreux incidents et péripéties en 1790."

François comprit.

"On était en pleine Révolution française ! Consacrer une église voire une basilique ne devait pas être dans l'air du temps.

– Tu as raison, François, le 4 avril 1791 l'Assemblée constituante décida de transformer la basilique Sainte-Geneviève en Panthéon des grands hommes. C'est à l'initiative de Pastoret qu'on imagina, deux jours après la mort de Mirabeau, d'utiliser l'église, non encore consacrée, comme nécropole nationale des serviteurs de la patrie. Le premier à y être inhumé fut Mirabeau. J'y vois comme un premier signe de reconnaissance à Isaïe.

– Isaïe n'a pu connaître Mirabeau !

– Non, mais Mirabeau fut l'un des premiers Français avant la Révolution à réclamer l'émancipation des Juifs de France. Il publia en 1787 *Sur Moses Mendelssohn, sur la réforme politique des Juifs*. Mendelssohn était, vous le savez, un philosophe juif libéral allemand que Mirabeau avait rencontré à Berlin et qui l'avait beaucoup impressionné. Le premier éditeur de Mendelssohn en France en 1780 fut d'ailleurs Goudchaux Spire Lévy, un des fils du rabbin Moyse de notre histoire et donc le neveu du docteur Oulman."

Grand-père conclut. Sa voix se cassa légèrement, l'émotion reprenait le dessus :

"Ainsi au bout de la rue d'Ulm que nous avons sciemment empruntée ce matin – le nom Oulman signifiant *homme originaire de la ville d'Ulm* –, se dresse fièrement notre temple républicain. Nous devons indirectement celui-ci à notre aïeul. Si Louis XV était mort le 15 août 1744, le Panthéon n'aurait jamais existé."

Tous les membres de nos familles Hayem et Klotz firent silence et Julien reprit :

"Il existe donc une justice. Ce brave médecin juif à qui le roi refusa sa légitime demande d'accès à la nationalité française pour son peuple eut une nombreuse et distinguée descendance de patriotes, et l'un d'eux se voit honorer aujourd'hui au Panthéon. Tandis que ce roi jouisseur, n'aimant que distribuer les titres de duchesse et de marquise aux courtisanes partageant sa couche ou conduire des guerres dispendieuses et criminelles, vit sa descendance s'éteindre, couverte d'opprobre et renvoyée par le peuple. Tous furent renversés, Louis XVI et Charles X comme leur frère Louis XVIII en 1815. La dynastie royale des Bourbons s'éteignit, rejetée de tous."

Ses enfants et petits-enfants, qui connaissaient la passion républicaine de Julien, en comprenaient aujourd'hui mieux le sens. "Au contraire de la descendance Bourbon, ajouta Julien, celle d'Oulman se couvrit de gloire au service de son pays, la France. Plusieurs de ses membres furent représentants de la nation. L'un fut député à la Constituante, d'autres ministres, comme mon très cher neveu Louis-Lucien Klotz, qui me fait le plaisir d'être parmi nous aujourd'hui. Dans sa nombreuse descendance il y eut aussi des hommes et des femmes de lettres, de grands industriels et financiers, des éditeurs comme les Calmann-Lévy, des artistes, des mécènes, et même la tante de Marcel Proust, Amélie Oulman-Weil. Il y eut aussi plusieurs généraux. On ne compte plus les Légions d'honneur et les croix de guerre gagnées par les nôtres sur les champs de bataille depuis l'Empire."

Julien se tourna vers ses enfants et petits-enfants. "Maintenant que vous connaissez tous l'héroïsme et l'action décisive pour la France de notre aïeul Oulman, je vous demanderai de me promettre de vous rendre, à l'occasion des deux cents ans de la guérison du roi par Isaïe, le 18 août 1944, au Panthéon pour vous recueillir devant le cénotaphe où est gravé le nom d'Émile, puis de vous réunir tous, avec vos descendances pour célébrer ce bicentenaire et transmettre à votre tour cette histoire familiale."

Tous promirent. Puis Julien pensa à son fils, prit une kippa, d'autres furent distribuées aux hommes. Toutes et tous debout récitèrent le kaddish, la prière des vivants. »

Ma grand-mère, à la fin de son double récit, marque un silence, elle a toujours ce regard d'une infinie douceur, noyé dans ses profonds yeux bleu-gris. Depuis qu'elle a franchi ses quatre-vingt-dix ans, la mélancolie l'envahit. En vieillissant, ses souvenirs reviennent, plus présents, plus mordants, plus cruels. Elle regarde nos champs, revient vers moi et reprend.

– Ce 18 août 1994, marque en fait un double anniversaire.

– Mais sommes-nous bien sûrs qu'Isaïe fut le guérisseur du roi ?

– Montcharvaux apparaît toujours comme le guérisseur du roi dans l'histoire officielle. Ce récit est avant tout celui de notre famille et de quelques historiens plus récents. Dans l'hommage funèbre de mon arrière-grand-père Simon Hayem en 1895, les *Archives israélites* évoquèrent le fait qu'il était l'arrière-petit-fils du médecin qui avait guéri le roi. Quand on honora à l'Académie de médecine mon grand-oncle le professeur Georges Hayem, le président de l'Académie cita cette ascendance et le rôle clef d'Isaïe, pour expliquer la vocation et le talent de Georges. Dans une autre branche descendant d'Isaïe et très éloignée de la nôtre, les Lippmann, un des leurs, l'historien Robert Aron, membre de l'Académie française, évoquait souvent le rôle essentiel de notre ancêtre commun dans la guérison du roi. Son épouse Sabine possède le portrait d'Isaïe, peint à la demande du maréchal de Belle-Isle, dont voici une reproduction.

Elle me tend une photo extraite d'un catalogue d'exposition, sur laquelle je découvre un bel homme au front haut, au regard franc et intelligent, à la bouche sensuelle, portant perruque et imberbe. Dessous, une légende : *Isaïe Cerf Oulman, médecin juif de Metz qui aurait été appelé au chevet de Louis XV en 1744.*

– Robert Aron possédait également le diplôme de médecine de 1727 de l'université de Giessen et m'avait dit détenir une lettre du roi remerciant Isaïe. Le document aurait été perdu pendant la guerre... Ne bouge pas, je reviens.

Mamie se lève difficilement et se dirige vers la maison. Elle revient, une pochette de velours grenat à la main.

– François, je voudrais te montrer quelque chose.

De la pochette elle tire un superbe plat en porcelaine, illustré d'images de repas, de mets, de scènes bucoliques, gravé en son milieu d'un texte en hébreu. Je l'avais vu dans une vitrine de sa salle à manger à Paris, rue de Gribeauval.

– On dirait un ancien plat de *seder* pour Pessah, la Pâque juive.

– Il m'a été donné à la mort de ma mère Flore en 1930, par mon grand-père Julien Hayem, qui le tenait de sa grand-mère Sarah Oulman, qui elle-même en avait hérité, après son père Isaïe, de son grand-père Isaïe Cerf Oulman et sûrement des Spire Lévy. Je le donnerai à ton père, qui te le transmettra à son tour.

En plus de deux cent cinquante ans de dîners de fêtes juives, ce plat avait vu défiler une dizaine de générations de Spire Lévy, Oulman, Hayem, Klotz et Heilbronn, il avait été le témoin de notre sortie de l'esclavage moderne en 1791, mais aussi le témoin des crimes des pharaons du XXe siècle contre le peuple juif.

Des éclats de rire interrompent ma songerie. Ma femme et nos fils reviennent de la pêche aux grenouilles avec une rainette du plus beau vert.

– François, me glisse Mamie, Ariane et vos fils sont charmants. J'espère que vous en aurez beaucoup d'autres. C'est un immense bonheur et une revanche éclatante de la vie.

– Oui, nous en aurons beaucoup d'autres, je te le promets.

32

Vendredi 18 août 1994, fin d'après-midi,
Ferme de Suscy

Le soleil commence à décliner, nous approchons de la grange abbatiale où les silos ronronnent chargés en blé jusqu'à la gueule. Nous traversons la cour carrée de la ferme. Je veux montrer à nos fils le produit de nos récoltes. Tour à tour avec chacun d'eux enlacé, j'emprunte la vieille échelle poussiéreuse pour grimper sur la passerelle de bois à dix mètres de hauteur. De là nous surplombons cette mer dorée de céréales qui miroite dans la poussière. Jean et Aurélien poussent des cris de joie mêlés de frayeur.

Je repense à la discussion avec ma grand-mère. Sa voix était devenue de plus en plus triste. Je me souviens qu'à la fin elle avait évoqué un double anniversaire, puis nous avions été interrompus.

Je redescends prudemment avec à tour de rôle un de mes fils dans les bras et demande à Ariane de rentrer sans moi. Je les rejoindrai plus tard, je pressens qu'une histoire plus tragique m'attend.

Nous retrouvons ma grand-mère au salon au milieu des bibliothèques en acajou tapissant les murs et contenant des centaines de livres, dont ceux dévorés ici durant mon enfance et adolescence, de Balzac à Dumas et Hugo, de Stendhal à Vercors, Éluard et Aragon, dans leurs belles reliures en basane, dorées ou bleues. Elle est assise face au parc dans son profond fauteuil en daim bleu marine un peu usé. Elle tient ouvert sur les genoux un album photo en cuir noir. En m'entendant arriver, elle le referme précipitamment. Je la regarde, elle est vêtue d'une de ses robes à motifs fleuris avec un dégradé de bleu qu'elle affectionne tant et qui met en valeur la couleur de ses yeux. Elle fixe un point mystérieux au loin, au-delà du parc, dans ses souvenirs, à la fois si tragiques et si heureux. Cet album m'est inconnu. Son cuir est craquelé par endroits, j'y vois entrelacées deux initiales dorées, un H et un K. Celui des familles Hayem et Klotz ou Heilbronn et Klotz ?

Ariane va rentrer nourrir et coucher les garçons épuisés de tant d'aventures. Ma grand-mère les embrasse affectueusement. Elle offre de petites balles en caoutchouc coloré à Jean et à Aurélien. Ils partent en les faisant rebondir et en riant.

Je m'assieds dans le fauteuil lui faisant face, où tant de fois j'ai vu mon grand-père Jacquet lire ou somnoler.

– Mamie, les quinze silos sont pleins, la moisson a été excellente. Plus de quatre-vingt-dix quintaux à l'hectare ! La densité du blé est très bonne, Jacquet aurait été heureux d'une telle récolte.

– Oui chaque moisson était une fête et une inquiétude pour lui, l'aboutissement d'une année de travail, et jusqu'au dernier moment, une grêle, des pluies un peu longues ou une canicule peuvent en altérer la réussite.

– Mamie, avant que les enfants reviennent, tu avais évoqué un double anniversaire.

Elle serre l'album entre ses mains, le regarde, puis le pose sur la petite table couverte d'un napperon aux fleurs roses. Son regard s'estompe, sa voix s'éraille, et comme dans un murmure, elle glisse :

– Un double anniversaire, oui ! Il y a cinquante ans, le 18 août 1944, nous n'avons pu respecter la promesse faite à Julien, de « tous » nous rendre au Panthéon, pour marquer le bicentenaire de la guérison du roi et célébrer mon oncle Émile. Ce jour-là, comme tu peux l'imaginer, nous étions tous dispersés et, je ne le savais pas encore, la plupart des miens avaient péri. Mon père Henry, conduit par les Allemands à Drancy puis dans une de ses annexes, l'hospice Rothschild rue de Picpus, y décéda seul au lever du jour. Ainsi, à deux cents ans d'écart, jour pour jour, notre aïeul sauva la vie d'un roi et épargna à la France une invasion quand un autre monarque absolu, ce traître de Pétain, contribuait à l'assassinat sur un grabat d'un patriote, un officier supérieur, un héros de 14-18, pour le simple fait d'être juif !

Ses yeux s'assombrissent, une colère sourde l'anime toujours, aussi vive cinquante ans plus tard.

– Drancy et l'hôpital furent libérés le jour même. Les pompes funèbres étaient alors en grève comme la police et les postiers. L'enterrement ne pouvait avoir lieu. Le lendemain on mit quatre cercueils dans un corbillard réglementaire. Celui-ci erra de cimetière parisien en cimetière parisien. Les croque-morts fatigués décidèrent de rentrer avant d'avoir enterré leur dernier mort. C'était mon père. Après avoir été brinquebalé ainsi toute la journée, il passa une dernière nuit dans un garage d'Aubervilliers parmi les bidons vides et les pneus hors d'usage. Depuis il repose dans le caveau familial des Klotz au cimetière Montmartre, face au beau monument funéraire de Simon Hayem, à l'architecture d'une petite synagogue. Le seul des miens assassinés en cet été 44 ayant une sépulture ! Il faudra que tu y ailles un jour. Je n'ai jamais pu y retourner depuis la guerre. Tu y verras le buste de Simon et de sa femme Flore. Simon Hayem, le père de Julien, était un célèbre fabricant de chemises et de cravates qui habillait le Tout-Paris. Il fut aussi maire de Saint-Gratien et fondateur de la synagogue d'Enghien-les-Bains, mécène et officier de la Légion d'honneur. Julien a fait prospérer le savoir-faire paternel et développé dans le monde entier la manufacture de chemiserie du boulevard Voltaire, qui a employé plus de mille personnes, la Maison du Phénix.

Son regard se voile, s'éloigne, et retourne à l'été 44 qui a creusé « une tombe dans les nuages » pour la plupart des siens. Un lourd silence s'installe dans la pièce, où les derniers rayons d'un soleil d'été viennent s'éteindre.

Je me replonge dans mes souvenirs d'enfant. J'ai sept ans, juché sur un muret de pierres sèches, sur une colline de Jérusalem face au récent Mémorial de Yad Vashem où mon père vient d'entrer avec un ami. Ma mère m'a alors, pour la première fois, raconté comment une grande partie de notre famille avait été assassinée. Ce jour-là, je découvris les héros, les martyrs, la tragédie, la litanie des morts et des orphelins mais aussi l'héroïsme d'avoir été juif en France entre 1940 et 1944. Depuis, la soif de savoir ne m'a jamais quitté. La volonté de combattre non plus.

En grandissant, je posais des questions aux miens. Mon père, militant de la mémoire, racontait. Mon grand-père, muré dans un silence douloureux, refusait. J'étais devenu le confident de ma grand-mère. Je lisais tout ce qui avait trait à la guerre, je choisis l'histoire contemporaine et les sciences politiques pour mes études supérieures.

Collégien, je m'engageais pour la défense des Juifs où qu'ils se trouvent. Je manifestais et agissais pour les Juifs persécutés d'URSS, de Syrie, d'Éthiopie. J'affrontais, souvent physiquement, les fascistes antisémites et les gauchistes antisionistes. La découverte enfant de la tragédie et des combats des miens déclencha une double fidélité, celle de combattre partout et toujours tous les types d'antisémitisme et de racisme, celle de soutenir Israël contre tous ses ennemis. Je militais à la LICRA, dans des mouvements de la jeunesse sioniste. Étudiants à Sciences Po, nous créâmes, mon ami Marc Haddad et moi, le Comité de soutien à Israël.

En écoutant ma grand-mère je mesurais à quel point la tragédie de cet été 44 l'avait meurtrie et la blessait toujours cinquante ans plus tard. Je percevais aussi combien mon engagement pour les Juifs persécutés avait pris corps dans ce chagrin et dans cette colère. Ils avaient nourri mon désir de justice, de sécurité et de dignité pour tous les Juifs de par le monde. Je pense souvent à ce lumineux passage de *Notre jeunesse* de Péguy sur les combats du peuple juif, où depuis cet été à Jérusalem je me retrouve : « Je connais bien ce peuple. Il n'a pas sur la peau un point qui ne soit pas douloureux, où il n'y ait un ancien bleu, une ancienne contusion, une douleur sourde, la mémoire d'une douleur sourde, une cicatrice, une blessure, une meurtrissure d'Orient ou d'Occident. Ils ont les leurs, et toutes celles des autres. »

En vieillissant, Mamie retournait à cette *douleur sourde*. Elle revivait les arrestations en cascade, l'incertitude, l'absence de nouvelles, la découverte brutale de l'assassinat des siens dans un Paris joyeux fêtant l'armistice.

Je savais presque tout, mais par touches éparses, diffuses. Les errances en France, les pillages de nos maisons, le vol de nos entreprises et de nos terres, l'identité d'emprunt de ma famille devenue *Hulleron*, les caches multiples, les arrestations, les dates et numéros de convois sans retour, les combats de huit hommes et une femme de la famille dans la résistance intérieure comme dans les Forces françaises libres, la mort au combat de trois d'entre eux, tout cela avait occupé nos conversations. Mais pour les cinquante ans de l'assassinat d'Henry, je tenais à en savoir plus.

– Mamie, en ce jour anniversaire, rendons hommage à ton père. Raconte-moi tout ce que tu sais, son arrestation, celles de ta famille. C'est très douloureux pour toi, mais en ce jour de transmission, confie-moi tout ce que tu as appris sur l'assassinat de ton père, sur la disparition des tiens.

Je dois savoir, pour moi aussi pouvoir un jour transmettre.

Ma grand-mère me fixe tristement puis tourne la tête vers les chaumes dorés, brillant sous un soleil rasant. Un lièvre court, le vent agite doucement les platanes, les frênes, les noisetiers et les haies bocagères nous entourant. Elle me regarde à nouveau avec intensité :

– Je n'ai jamais pu le raconter à personne, ni à ton père ni à ta tante. Mais tu as raison, tu dois savoir comment on a tué les miens, à commencer par mon père. Écoute-moi, ne m'interromps pas, car je ne pourrais aller jusqu'au bout. Voilà tout ce que j'ai appris par Pierre, un ami de la famille, rescapé de Drancy et du camp annexe de Picpus. Je vais te le raconter tel qu'il le fit en détail par un matin d'octobre 1944 où je lui rendis visite chez lui boulevard de Courcelles alors qu'il se remettait douloureusement de sa captivité.

Ma grand-mère d'une voix douce et lointaine comme dans un murmure venu du plus profond me conte les derniers jours de son père.

« Le lundi 31 juillet 1944 à l'aube, alors que papa se trouvait seul dans son appartement au sixième étage du 8, place de la Porte-de-Champerret, on avait violemment frappé à sa porte. Âgé de près de soixante-dix-huit ans, paralysé, il s'était difficilement hissé dans sa chaise roulante. Inquiet, sans nouvelles de ses filles, il avait ouvert. Devant lui se dressaient deux SS. Maigre, musclé, nerveux à la voix aiguë, un adjudant aboya un "Oberscharführer Weisel" en faisant tournoyer une canne dans sa main gauche. Cela devait être son nom. À ses côtés se tenait un caporal plus âgé, aux cheveux rares, au front bas et lourd. L'adjudant à l'accent autrichien demanda à mon père en mauvais français s'il était "*le Chuif Klotz*".»

Ma grand-mère marqua un temps d'arrêt puis, de plus en plus émue, reprit. Je gardais le silence et l'encourageais du regard et d'un sourire tendre.

«Mon père s'était préparé à ce moment. Depuis trois semaines, il n'avait plus de nouvelles de Denise, sa benjamine. Il n'arrivait plus à joindre Georges, son frère. Seule la brave Madeleine, fidèle depuis la rue de Tilsitt, continuait de lui livrer quelques courses et de nettoyer son intérieur. "Je suis bien le lieutenant-colonel de réserve, Lucien Henry Klotz, officier de la Légion d'honneur à titre militaire, Croix de guerre 14-18 avec palmes, citoyen français", leur répondit-il avec fierté dans son allemand parfait. Le caporal s'empara de sa chaise roulante, le poussa vers le palier, elle ne rentrait pas dans l'ascenseur trop étroit.

Ils tentèrent de le lever pour lui faire descendre les marches. Ses jambes ne répondaient plus depuis longtemps. La sciatique paralysante avait gagné progressivement après ses années au front et un accident de voiture. En août 14, âgé de quarante-sept ans, père de six enfants, il aurait pu éviter les combats. Mais capitaine de réserve, il n'avait pas hésité à rejoindre son régiment pour la durée de la guerre. Héroïque, il avait dirigé ses batteries du 3e d'artillerie de Maubeuge à Ypres, de Verdun à Apremont et La Serre.

Trente ans plus tard, affaibli par des problèmes rénaux, paralysé par la sciatique, amaigri par les privations, il faisait de nouveau face à ses vieux ennemis sans ciller. Deux cents ans plus tôt, les Autrichiens tentaient déjà d'envahir ses chères Alsace et Lorraine.

Ils le soulevèrent, lui si frêle, et dévalèrent l'escalier. Il les insultait, se débattait. Des portes s'ouvraient, vite refermées. Il résistait. Il ne partirait pas sans un dernier combat. Il leur rappela ses victoires et la défaite de leurs pères. Furieux, les deux SS le précipitèrent depuis les dernières marches. Au sol, Weisel le frappa de sa canne – le rasoir, son arme préférée, attendrait le camp. Ils le relevèrent, en sang mais conscient. Ils le traînèrent, le jetèrent dans un bus empli d'autres vieillards, de femmes et d'enfants juifs. “La voilà donc la grande armée allemande, leur lança-t-il dans son allemand si raffiné, des supplétifs autrichiens qui tabassent des vieillards et arrêtent des familles entières et des orphelins. Vos pères que j'ai combattus et vaincus n'étaient pas les chiens que vous êtes devenus." Weisel sortit son pistolet et d'un coup de crosse le fit taire. Il ne reprit conscience qu'en début d'après-midi dans ce bus surchauffé, en route pour un camp en banlieue, au nord-est de Paris.

Les portes grillagées s'ouvrirent sur ce lieu où plus d'un millier de Juifs étaient massés là, entre ces barres de béton en construction, gardés par des gendarmes français, dans la crasse et un dénuement total. Alois Brunner, le SS autrichien commandant le camp de Drancy, ordonna que ce vieil invalide sanguinolent aille mourir à l'hospice. Ses bourreaux l'y conduisirent avec un autre malheureux.

"Henry, Henry Klotz, est-ce vous ?" Papa ouvrit les paupières, sans bien voir son interlocuteur. Il avait dû se fracturer des côtes dans l'escalier, son épaule brûlait, sa tête le lançait encore du coup de crosse. "Henry, vous me reconnaissez ? Pierre, un ami de votre frère Georges. J'étais à Condorcet avec lui, j'ai été votre avocat. Ma fille Claire est une amie de votre Denise.

– Pierre ! Oui, bien sûr ! Où nous trouvons-nous ?

– Henry nous nous trouvons au camp de Picpus, en fait l'hospice de l'hôpital Rothschild rue de Picpus à Paris, devenu une annexe du camp de Drancy. On y entasse les Juifs trop âgés et malades comme nous, les femmes enceintes et des orphelins.

– Depuis quand vous trouvez-vous là ?

– J'ai été arrêté sur dénonciation il y a deux semaines, chez moi, boulevard de Courcelles. On m'a conduit à Drancy. Mon état empirant dans la chaleur de ce camp sordide, on m'a transféré ici, en même temps que vous."

Pierre regarda Henry avec amitié :

"Il faut que vous soyez très courageux.

– Pourquoi ? Que se passe-t-il ?

– À Drancy, j'ai retrouvé Georges, votre frère, mais aussi votre fille Denise."

Henry tourna la tête pour cacher son émotion.

Pierre lui prit la main. Lui revinrent soudain des images du mariage d'Henry Klotz et de Flore Hayem à la fin de 1897. La cérémonie avait été célébrée à la mairie du VIIIe arrondissement puis en grande pompe à la synagogue de la Victoire par le grand rabbin de France, Zadoc Kahn. Une fastueuse réception avait suivi dans l'hôtel particulier des Klotz du 9, rue de Tilsitt, donnant sur la place de l'Étoile, où s'étaient retrouvées les familles de la haute bourgeoisie juive, des Lazard aux Bischoffscheim. Le Tout-Paris de la politique, de l'industrie, de la presse et de la littérature fêtait les enfants de Victor Klotz, le propriétaire de Pinaud, la première marque de parfum au monde, et de Julien Hayem, le propriétaire de la Maison du Phénix, ancien maire adjoint du XIe arrondissement de Paris. Une vingtaine de députés de la Chambre se pressaient devant les buffets. On remarquait deux futurs présidents de la République, Poincaré et Doumer, et un futur président du Conseil, Viviani. Les patrons de presse échangeaient les dernières nouvelles. L'affaire Dreyfus courait sur toutes les lèvres. Maurice Barrès et Jules Claretie, l'un des rares académiciens dreyfusards, s'apostrophaient. Dans un coin, Calmette du *Figaro* plaisantait avec Meyer du *Gaulois*. Au milieu de ce brouhaha, les dix-huit ans de Flore Hayem épouse Klotz resplendissaient. Elle virevoltait au bras d'Henry, son aîné de treize ans, éperdu d'amour.

Pierre dévisageait le frère de son ami devenu ce vieillard si frêle, avec ses cheveux blancs lustrés, sa moustache toujours gominée, ses traits altiers, ses fines mains posées sur la couverture du grabat, une croûte de sang sur la tempe. Il le revoyait dirigeant ses affaires dans le monde entier depuis ses bureaux de l'immeuble Pinaud du 18, place Vendôme. Pierre y passait parfois déposer des dossiers juridiques et il emmenait Georges déjeuner à l'Automobile Club. En ces occasions, il ne manquait jamais d'acheter sa brillantine dans la parfumerie Pinaud du rez-de-chaussée, cette invention de Victor les avait rendus célèbres. Aujourd'hui,

Henry Klotz gisait devant lui, hagard, blessé, dans ce bouge surpeuplé.

Il lui devait la vérité, comme Georges et Denise l'auraient souhaité.

"Denise est partie ce matin de la gare de Bobigny dans un convoi pour l'est de l'Europe avec de nombreux Juifs du camp."

Henry étouffa un sanglot. Sa Denise, ses longues boucles brunes, sa tendresse, son courage ! Durant toute la guerre, trois fois par semaine, elle traversait Paris, depuis l'avenue de la République, pour le ravitailler, le soigner. Elle n'avait peur de rien. Bien que durement touchée par la poliomyélite avant guerre, elle avait recouvré ses forces et rejoint la Résistance. Un convoi pour un camp de travail dans l'Est... Survivrait-elle ?

Pierre continua d'une voix douce :

"Henry, d'autres membres de votre famille sont partis aussi, dont Georges."

Henry se figea.

"Qui d'autre ? cria-t-il.

– Denise a retrouvé Lucienne, arrêtée le même jour qu'elle."

Le cauchemar se révélait sans fin. Lucienne sa fille aînée, déportée avec Denise ! Ils s'étaient réconciliés après une longue brouille suite au mariage de Lucienne, où suppléant aux deux parents, il avait dû s'occuper très tôt comme un père des deux enfants de sa fille, Gilbert et Édith.

Gilbert dont il avait appris récemment l'évasion après son arrestation par la Gestapo comme résistant ici dans notre ferme... Lucienne déportée, qu'allaient devenir ses enfants ?

Et Georges, son cadet de deux ans, son associé de toujours chez Pinaud ? Georges, si élégant, détenu lui aussi dans ce camp puis parqué et déporté dans un train à bestiaux !

Henry revit le défilé de la victoire, le 14 juillet 1919, sa famille rassemblée sur le perron de leur hôtel des maréchaux place de l'Étoile, pour acclamer les troupes défilant devant elle, sous l'Arc de triomphe. Georges et lui arboraient sur leur uniforme de capitaine et de commandant leur Légion d'honneur et leur croix de guerre. Son frère avait invité son ami, le comte et dandy Robert de Montesquiou [1], vêtu d'un costume trois pièces gris foncé sur un gilet blanc avec une écharpe de soie noire nouée en cravate. Henry revoyait la joie et la fierté des deux complices ce jour-là. Montesquiou donnait du “mon capitaine” à Georges en faisant tinter ses décorations avec sa canne au pommeau d'argent. Son beau-frère Fernand Gregh avait lui invité son condisciple et ami Marcel Proust. Mais Marcel, prétextant son déménagement deux jours auparavant, ne vint pas. Un déménagement plutôt

1. Robert de Montesquiou, poète, critique d'art et de lettres, a inspiré Marcel Proust pour le personnage du baron de Charlus.

que le défilé de la victoire ? Ou était-ce plutôt la présence de Montesquiou ? Et maintenant prisonnier dans un camp allemand, l'hospice de Picpus...

"Pierre, dites-moi. Avez-vous rencontré d'autres membres de ma famille, ici au camp ou partis par ce convoi ?

– Malheureusement, Henry, il y en a d'autres. Denise et Georges me les ont présentés. Ils ont tous été arrêtés début juillet dans Paris à quelques jours d'intervalle. Denise était horrifiée mais heureuse de retrouver sa cousine Claudine. Elles étaient inséparables.

– Claudine Sergine ? Seule ?

– Son père, le dramaturge, avait été arrêté avec elle.

– Maurice... Se trouvent-ils encore à Drancy ?

– Ils sont montés ce matin dans le même convoi de plus de mille trois cents Juifs dont plus de trois cents jeunes enfants... Où se trouvaient aussi l'un de vos neveux, André Hayem, et votre cousin, le compositeur Fernand Ochsé avec Louise, son épouse."

Prostré, Henry n'entendait plus. Il ne pouvait imaginer ce qui attendait sa famille dans l'Est. Les nouvelles de ces camps étaient alarmantes, aucune lettre n'arrivait jamais.

"Pierre, ma deuxième fille Anne-Marie...

– Non, cher Henry, rassurez-vous. Anne-Marie ne se trouvait pas au camp, ni son mari Jacques ni leurs enfants." »

Ma grand-mère interrompt le récit recueilli auprès de Pierre. Elle se rappelle sa dernière visite à son père.

« Je lui avais rendu visite en mai à Paris, ce fut la dernière fois que je le vis. Je lui avais raconté comment, depuis l'arrestation de mes beaux-parents Ernest et Claire Heilbronn et de ma belle-sœur Marcelle à Uriage en février, nous avions échappé aux rafles dans les Alpes pour nous cacher avec ton père, ta tante et mon neveu Philippe dans l'Allier chez Guiguite et Jean-Jean, ce merveilleux couple de sabotier et cuisinière qui nous a sauvés. Ton grand-père ne se trouvait pas avec nous. Depuis notre ferme ici, il dirigeait un réseau de faux papiers et de caches de pilotes alliés abattus au-dessus du terrain d'aviation allemand proche de Villaroche. J'avais essayé de convaincre papa de venir avec moi à Moulins, redoutant les arrestations qui se multipliaient à Paris. Invalide, il refusa, il n'en avait pas la force. Il me disait que la Libération était proche. Je demandais à Denise de venir avec moi, mais elle ne voulait pas abandonner notre père et, je le compris plus tard, ses activités de résistance. »

L'émotion l'envahit. Elle retourne en pensée place de la Porte-de-Champerret, dans ce trois-pièces meublé de souvenirs sauvés de la faillite de l'entreprise familiale et des saisines des huissiers. Depuis 1937, Henry y vivait seul, paralysé et affaibli par son insuffisance rénale.

Elle me décrit cet intérieur où il vivait modestement, après le faste de leur hôtel de la place de l'Étoile, entouré de certains portraits familiaux, quelques meubles Charles X et des malles emplies de souvenirs. Ceux des histoires familiales, de la guerre, et puis ceux si cruels de son violent divorce en 1914 et les batailles juridiques pour la garde de ses six enfants, qu'il finit par obtenir.

Après un long silence, Mamie reprend le récit que Pierre lui avait rapporté à l'automne 44 et ses dialogues avec Henry.

« "Pierre, si je ne sors pas vivant d'ici, prévenez le mari d'Anne-Marie, mon gendre Jacques Heilbronn. Vous le connaissez, il m'a succédé à la tête des parfums Pinaud, vous l'avez représenté dans une affaire. Aux dernières nouvelles, il était dans sa ferme de Suscy près de Crisenoy, en Seine-et-Marne. Son numéro est le 87-62 à Guignes-Rabutin. Si vous ne le trouvez pas, contactez mon beau-frère Fernand Gregh à Paris. N'étant pas juif, il n'a rien eu à craindre."

Pierre mémorisa, reprit la main d'Henry, puis le laissa à son chagrin. Hébété, Henry restait prostré.

Les quinze jours suivants, il ne bougea pas de son grabat. Pierre, à peine plus vaillant, essayait de converser. Ils évoquèrent les temps heureux, mais aussi les démarches pour sauver de la faillite la filiale américaine de Pinaud.

Parler devenait pour Henry de plus en plus difficile, il souffrait le martyre de ses fractures et de son urémie. Ses reins étaient atteints. Il n'avait pas été dyalisé depuis quinze jours. La soif le tenaillait, l'intense chaleur de ce mois d'août tournait à l'orage. Ceint de barbelés qu'il apercevait, l'hôpital était gardé par des Allemands en armes. Dans ce grand dortoir, les autres vieillards autour d'eux agonisaient. Les docteurs et infirmières, tous juifs et internés, essayaient en vain de les soulager : pas de médicaments et si peu de nourriture.

Henry évoqua avec Pierre le décès de son père Victor, presque quarante ans auparavant. Quel contraste ! Celui-ci s'était éteint paisiblement, entouré des siens, dans leur hôtel particulier. Victor Klotz était alors un parfumeur plus prisé que Guerlain ou Piver, Chanel n'existait pas encore. À ses obsèques au cimetière Montmartre, une compagnie d'infanterie, en présence de plusieurs ministres, avait rendu les honneurs militaires à cet officier de la Légion d'honneur et ancien garde national lors du siège de Paris de 1870. Les journaux lui avaient consacré des articles élogieux. Dans un livre, *Le Pays des aromates*,

Montesquiou décrivait l'immense collection d'objets et livres de parfumerie de Victor qui avait été présentée à l'exposition universelle de 1900.

Il était bien loin désormais, ce "pays des aromates" sur les hauteurs de Grasse où, avec son frère Georges, ils allaient sélectionner les plus belles fleurs et les meilleures essences pour leur parfum vedette, Flirt.

Une infirmière, le rouge aux joues, entra précipitamment.

"Les alliés ont débarqué en Provence !"

Henry se redressa. Il percevait parfois des coups de feu, espérait des combats pour la libération de Paris. Il savait les troupes alliées à une centaine de kilomètres de sa ville natale. Et maintenant, ce débarquement dans le Sud où son fils François, officier dans les commandos, devait être en première ligne ! Trois ans qu'il ne l'avait vu, depuis que François avait rejoint le Maroc pour continuer le combat. Heureusement, ils avaient pu échanger de longues lettres affectueuses et codées. François lui avait parfois envoyé des provisions, des sardines dont il raffolait, et même des chemises à ses mesures. Mon frère lui avait écrit de la prison de Casablanca où il fut détenu cinq mois par Vichy pour faits de résistance. Mon père avait su pour sa croix de guerre gagnée dans les combats en Tunisie au sein des commandos d'Afrique. Reçue en avril, sa dernière lettre l'informait qu'il avait pu rejoindre une unité spéciale aéroportée. Le reverrait-il ?

Le jeudi 17 août 1944, Henry sentit sa fin venir. Les Américains étaient déjà à Dreux, le débarquement de Provence avait réussi. Les nazis commençaient à quitter Paris. Brunner, le bourreau de Drancy, avait fui le matin même avec son kommando de tueurs. Dans sa folie criminelle, il avait emmené quelques détenus juifs dont le secrétaire général de la Fondation de Rothschild et de son hôpital, Armand Kohn, et toute sa famille. Jusqu'au bout, cette volonté de tuer des innocents.

Henry regrettait tant son âge et son état. Comme trente ans auparavant, il aurait bien pris les armes contre l'occupant, ainsi que sa famille l'avait fait à chaque guerre depuis cent cinquante ans. Il allait mourir dans ce dortoir aux murs jaunis, sans revoir les siens, ses filles, son frère, ses neveux, nièces et cousins déportés, son fils combattant, ses petits-enfants. Lui le fervent patriote, trahi par son pays et ramené à son seul statut de Juif, agonisait à quelques heures de la libération tant espérée.

En souvenir de cette France qu'il aimait plus que tout et dans un ultime sursaut, il se força à se rappeler l'un de ses derniers moments de bonheur mais surtout de fierté familiale où, par un bel après-midi d'automne 1927, ils avaient évoqué un autre été 44. Celui dont ils s'étaient tous promis de fêter le bicentenaire le lendemain. Il raconta l'histoire d'Isaïe à Pierre et cette étonnante concordance de dates à deux cents ans de distance.

En cet été 1944, ils ne pourraient donc honorer la promesse faite à Julien. L'Occupation, le fanatisme des Allemands, les complicités françaises en avaient décidé autrement. »

Un long silence achève le récit de ma grand-mère. Au loin les tracteurs finissent de ramasser la paille, d'autres de déchaumer. Dans la grange abbatiale les silos continuent de ronronner.

Je m'approche d'elle, je lui prends la main, elle caresse la mienne doucement. Elle est restée à l'été 44, à ces deux étés 44. Je ne trouble pas sa peine, son désespoir, j'attends. Puis nous sortons sur le perron surplombant le parc. Nous nous asseyons sur ces chaises en fer d'un vert plomb pour regarder le soleil se coucher au travers des arbres. Je respecte son silence.

Je lève les yeux vers notre maison, cette grande bâtisse carrée, ocre et blanche, haute de deux étages, que l'on découvre au bout d'une allée de marronniers, abritée sous quatre grands platanes centenaires. Je songe alors à une autre guerre, celle de mon grand-père, Jacques Heilbronn, qui décida de rester ici dans sa ferme à la barbe des collabos et des Allemands pour toute la durée de la guerre. Juif, il n'avait plus eu le droit d'être agriculteur malgré sa médaille militaire et sa croix de guerre héroïquement gagnées à dix-huit ans. Il avait alors choisi de céder sa ferme à un ami « aryen » avec promesse qu'il la récupère à la fin de la guerre. Ce qu'il fit. Et là pendant quatre ans, aidé de son adjointe Raymonde Thibouville née Dreyfus, connue chez les parfums Pinaud, puis de son neveu Gilbert Bloche, il avait organisé un réseau de faux papiers, caché des pilotes alliés abattus. Hélas, un matin de juin 44, alors que mon grand-père était parti voir sa famille cachée à Moulins, la Gestapo fit une descente suite à une dénonciation. Ils arrêtèrent Raymonde, la torturèrent à la prison de Melun. Ils cherchaient Jacques, elle ne parla pas, ne donna pas l'adresse dans l'Allier. Elle fut déportée le 14 juillet à Ravensbrück, où elle devint l'amie et la protectrice de Denise Jacob, la sœur aînée de Simone Veil. Raymonde fut tuée en mars 45 à Mauthausen dans un bombardement allié, aux côtés d'une autre camarade de déportation, la grande résistante juive Mila Racine.

Un pilote américain blessé et caché dans la maison avait été évacué vers l'Espagne quelques jours plus tôt. Mon oncle, Gilbert Bloche, présent aussi ce jour de juin 44, demanda à se rendre aux toilettes. Le policier vérifia et ne vit qu'une lucarne étroite. Gilbert, âgé de vingt et un ans mais frêle, se faufila, sauta de l'entresol et courut le long des fossés. Les balles sifflèrent. Le frêne que l'on voit là sur la droite en reçut une et cinquante ans plus tard en porte encore la cicatrice. Que de souvenirs dans cette grande maison où je passais tant d'étés à moissonner nos terres. Je lève les yeux vers le grenier. Tant de malles s'y trouvent, que je n'ai jamais ouvertes. Peut-être celles de Julien, d'Henry, de François, de Denise, de Lucienne, de Pierre, de Jacques, des souvenirs d'Isaïe…

Ma grand-mère garde le silence, plongée dans cet été tragique. Je ne veux pas l'éprouver davantage, le récit de ses autres morts, de ses sœurs, frère, oncles, tantes, cousins et cousines attendra. Je change de sujet.

– Mamie, j'imagine mal comment, après la guerre et tous vos deuils, vous avez trouvé, toi et Jacques, le courage de vous occuper de vos neveux et nièces devenus orphelins.

– Nous avions cette ferme ici en Brie et la chance de jouir d'un grand appartement à Paris, près du Trocadéro. J'étais volontaire dans les foyers de l'Œuvre de secours aux enfants, pour aider à prendre en charge tous les orphelins juifs. Nous y avons adopté ta tante Annie âgée de cinq ans, dont toute la famille avait été déportée. Il fallait élever tous ces enfants avec amour. Avec ton grand-père, nous avions peu de temps pour pleurer nos morts. On s'occupait aussi d'Antoine, le fils de mon frère François, et de notre neveu Philippe, le fils de Pierre Heilbronn, héros de 14-18 comme son frère Jacques, mort au combat le 9 juin 1940, à la tête de son groupe franc.

Je repense à la geste familiale. Le patriotisme des Klotz, Hayem et Oulman, du côté de ma grand-mère, et des Heilbronn du côté de mon grand-père. Je me rappelle un mot de ce dernier : « François, nous sommes des PIF ! » J'avais ouvert des yeux ronds. Pour moi, *Pif*, c'était un magazine pour enfants, et la promesse d'un gadget… « PIF signifie : patriotes israélites français », m'avait-il expliqué en rigolant. Il avait raison, lui l'engagé volontaire le jour de ses dix-sept ans, l'un des plus jeunes décorés de 14-18. PIF, nous l'avons toujours été, et nous le demeurons.

J'embrasse ma grand-mère. Je la laisse à ses ombres. Je lui promets que le moment venu je transmettrai à mon tour ces histoires à mes enfants pour rester fidèle à un commandement de la Torah : « *Zakhor.* Souviens-toi. »

33

Vallée de l'Yerres, soir du 18 août 1994

Je reprends la route sinuant le long de la vallée de l'Yerres, je rejoins notre petite maison nichée dans les bois aux confins de la Brie champenoise. À la nuit tombée et les enfants couchés, je raconte ma bouleversante discussion avec Mamie à Ariane, puis je passe la soirée habité par ce récit. L'« épisode de Metz » était connu, mais dans mon souvenir nos livres d'histoire ne mentionnaient jamais le docteur Oulman, sauveur du roi Louis XV.

Je cherche dans ma bibliothèque historique héritée de mon grand-père les *Mémoires* du duc de Richelieu, petit-neveu du cardinal. Connu pour son libertinage, il avait inspiré Laclos pour le Valmont des *Liaisons dangereuses*. Dans un texte intitulé *La Duchesse, en l'honneur de madame de Châteauroux*, publié en 1793, Richelieu écrivait ceci à propos de l'épisode de Metz : « Les médecins s'étaient retirés, et le roi, entre la vie et la mort, fut abandonné aux empiriques. L'un d'eux lui fit avaler une très forte dose d'émétique, et cette prise fut portée néanmoins à un point si juste, qu'elle procura la plus étrange évacuation. Dès ce moment-là, le roi guérit à vue d'œil. » Un « empirique », une manière polie à l'époque pour dire charlatan.

Je cherche dans l'*Histoire de France* de Michelet, que mon grand-père lisait si souvent dans l'édition aux dos de maroquin rouge. Je trouve le passage relatif à la journée du 15 août 1744 à Metz : « Les médecins l'avaient abandonné. On le croyait perdu. On démolissait sans façon la fameuse galerie. Déjà la solitude se faisait autour du mourant. Les ministres emballaient, et les princes partaient pour l'armée. L'absence des médecins fut le salut du roi. Un empirique lui donna l'émétique. Et dès lors, il fut beaucoup mieux. » Un « empirique » à nouveau, mais pas de nom ! Pourtant, le sauveur du roi ! Un anonyme ? Je me rappelle ensuite qu'un de mes auteurs favoris, Dumas, n'aurait pu que l'évoquer dans son *Louis XV et sa cour*. Je retrouve ce pavé et le passage évocateur : « Les médecins se retirèrent, et le roi, entre la vie et la mort, fut abandonné aux empiriques. L'un d'eux, dont on ne sait même pas le nom, lui fit avaler une très forte dose d'émétique. Cette dose d'émétique amena une effroyable évacuation, et avec cette évacuation un mieux sensible. »

« L'un d'eux, dont on ne sait même pas le nom » ! Dumas aussi laisse planer le mystère, ou plutôt n'en sait rien.

Michelet, Dumas et ceux qui ont écrit sur le siècle de Louis XV ne citent donc jamais le docteur Oulman, ni le trop commode Montcharvaux. Ils se sont tous appuyés sur les *Mémoires* de Richelieu, absent lors de la guérison du roi. Qu'un Juif sauve un roi de France en 1744 était impensable et encore moins dicible.

Je repense au beau portrait d'Isaïe peint à l'huile, dont ma grand-mère m'avait montré une reproduction. Et si l'ultime preuve était tout simplement celle-là ? Aucun peintre français de l'époque ne peignait des portraits de Juifs et sûrement pas en 1744, encore moins celui d'un simple médecin d'une province reculée. Et aucun Juif, surtout un médecin, n'était suffisamment aisé pour engager de telles dépenses dignes de l'aristocratie. Je consulte le catalogue du musée d'Art et d'Histoire du judaïsme, seuls quelques Juifs célèbres mais seulement de la fin du XVIIIe siècle furent peints, Cerf-Berr, un des pères de l'émancipation comme Berr Isaac Berr, le grand rabbin Sintzheim interlocuteur de Napoléon, ou la famille Ratisbonne au début du XIXe… C'était donc bien plus tard et eux avaient laissé leur nom dans l'histoire de France.

Si un tel portrait d'Isaïe avait été peint à l'huile avant son décès en 1746, c'était donc bien pour honorer l'auteur d'une action d'éclat.

Le mystérieux *empirique*, sauveur de Louis XV, cher aux historiens et aux romanciers, devait donc bien être celui dont je venais de découvrir qu'il était mon aïeul, le docteur Isaïe Cerf Oulman.

34

13 octobre 2000, rue de Gribeauval, Paris

« Votre Mamie est décédée », m'annonce Mercedes, sa dame de compagnie, d'une voix blanche. Je raccroche, une douleur m'étreint. Je savais pourtant ce moment inéluctable. Elle aurait eu quatre-vingt-dix-sept ans, elle aura vécu deux fois plus que ses deux sœurs et plus de trois fois plus longtemps que deux de ses frères. Les derniers mois, le passé la saisissait, de plus en plus cruel. Elle m'appelait souvent, même dans la nuit. Elle me demandait de la protéger, la police allait venir la chercher, elle aussi. Elle refusait de sortir par peur de cette arrestation.

– François, tu ne te rends pas compte, tu es inconscient, la police m'attend en bas... Je refuse de sortir, ils m'ont dénoncée... Tu es fou d'avoir appelé un de tes fils David, tu le mets en danger...

Tu n'aurais jamais dû faire circoncire tes fils, et si ça recommençait ?

Ces cris de désespoir rythmaient de plus en plus nos conversations. Je cherchais à la rassurer, lui démontrer la différence entre la France des années 40 et celle des années 90. Je lui disais aussi que les prénoms si français d'Henry, Georges, Denise, Lucienne et Claudine n'avaient pas protégé sa famille. Que face aux antisémites, il ne fallait jamais rien céder. Mais rien n'y faisait. Elle revivait sans cesse les arrestations non élucidées des siens, leur assassinat collectif.

Et quand elle m'appelait François, c'était son autre François, son jeune frère chéri de quatre ans son cadet, disparu mystérieusement après son parachutage sur la Provence occupée, qu'elle voyait à travers moi. Je venais la voir régulièrement avec nos quatre fils, dont la joyeuse turbulence apportait toute l'énergie de leur jeunesse dans ces quelques pièces à l'ombre de l'église Saint-Thomas-d'Aquin surplombant tout Paris jusqu'à Montmartre. Aux murs était accrochée sa collection de tableaux de paille, fabriqués par des forçats. Quelques souvenirs familiaux, un beau portrait du professeur Georges Hayem, me renvoyaient à l'histoire d'Isaïe.

Une semaine avant sa mort, comme pour donner corps à ses craintes les plus profondes et pour la première fois depuis la guerre, une foule nombreuse et haineuse agitée par l'hystérie de nombreux médias couvrant la seconde intifada comme par certains imams radicalisés, avait crié « Mort aux Juifs » en battant le pavé parisien. Je le lui avais caché, comme on cache une menace cruelle à une personne qu'on aime. Et si ça recommençait ? Nous étions en octobre 2000, le « nouvel antisémitisme » pointait alors le bout de son nez. Dans les années qui suivirent il devint meurtrier avec l'assassinat prémédité de douze Français juifs par d'autres Français radicalisés par un islam dévoyé. Assassinés comme tant des nôtres pour le simple fait d'être juifs, dont trois enfants dans la cour d'une école. En militant juif engagé, je sentais alors confusément que nous entrions dans le temps d'un autre combat. J'étais quelque part soulagé que Mamie, qui avait tant souffert de cette haine et de ces crimes, n'assiste pas à cette nouvelle violence.

Quelques jours plus tard nous sommes rassemblés dans le petit cimetière briard clos de murs, entouré de champs, où tangue en son centre un beau cyprès centenaire à côté d'un mât où claque un drapeau tricolore. Nous sommes tous là, comme un mois auparavant pour mon oncle Didier Heilbronn. Engagé volontaire à dix-sept ans, comme mon grand-père, il rejoignit les Forces françaises libres en Afrique du Nord, après avoir traversé les Pyrénées et l'Espagne avec son cousin et son oncle. Il fut de tous les combats pour libérer la France, lui le parachutiste du bataillon de choc, blessé en Allemagne, décoré à dix-huit ans de la croix de guerre, mort bien trop jeune le mois précédent.

Nous sommes de nouveau là, sur notre terre de Brie où l'automne draine les odeurs des labours et des semis récents. Nous entourons le grand rabbin Sirat qui prononce les prières et entonne le kaddish. Je regarde au loin la vaste plaine. J'aperçois comme un trait barrant le paysage, l'allée de peupliers, plantée par mon grand-père, menant à notre ferme. En quittant le cimetière, nous nous arrêterons, comme à chaque fois, devant le monument aux morts de Crisenoy. Officier parachutiste, j'avais eu l'honneur un 8 mai, en tenue de parade, de lire les noms des héros de notre village, entouré de mon grand-père ancien maire de celui-ci, de mon oncle Didier, conseiller municipal, et de mon père, maire-adjoint du village proche de Bernay-Vilbert. Lire leurs noms et à chaque fois prononcer « mort pour la France » : pour ceux de 39-45, Pierre Heilbronn et Raymonde Thibouville. Denise Jacob devenue Vernay nous accompagne, elle s'incline aussi devant le nom de son amie et camarade de captivité à Ravensbrück et Mauthausen. Sa sœur Simone Veil est à ses côtés.

En parcourant les allées du parc de notre maison familiale, je repense à ma discussion avec Mamie sur cette terrasse, six ans auparavant. Je n'avais pas voulu, pas pu lui demander plus de détails sur la disparition de son frère François, sur la mystérieuse arrestation en série de neuf membres de sa famille en juillet 44. Le récit de la mort de son père lui avait été déjà trop éprouvant.

Je m'engage alors à chercher, à découvrir ce qui est arrivé aux nôtres en cet été 44. Elle n'est plus là pour me le raconter. À moi maintenant d'explorer les archives, mais par où commencer ?

Quelques semaines plus tard nous nous rendons à Troyes, la ville du grand talmudiste Rachi. Nous y avons été invités par le grand rabbin Sirat pour inaugurer une salle au nom de notre grand-mère à l'Institut universitaire européen Rachi de Troyes, qu'il a créé. Le jeune maire de la ville, François Baroin, nous rappelle la richesse du judaïsme troyen du Moyen Âge jusqu'à nos jours. En dévoilant la plaque, je repense à ma grand-mère m'évoquant ses aïeux Spire Lévy descendant fièrement de l'érudit Rachi, sage du XIe siècle, le plus grand talmudiste de tous les temps et l'un des premiers prosateurs en langue française. Plus de neuf cents ans plus tard, Anne-Marie Heilbronn née Klotz voit son nom honoré dans cet institut portant le nom de son prestigieux aïeul.

35

Octobre 2002, Harvard Club de France

Je rejoins ma table au déjeuner du Harvard Club de France où nous évoquerons les relations transatlantiques avec le ministre des Affaires étrangères français à l'heure de nouvelles tensions avec l'Irak. Mon voisin de table, un sexagénaire ressemblant à David Niven, les cheveux blancs plaqués, le visage arborant une fine moustache très anglaise, me tend une main cordiale.

– Charles Cogan, mais appelez-moi Chuck.

Américain, professeur de relations internationales à Harvard, il parle un français parfait. J'évoque avec lui mes années d'étudiant et l'aviron en quatre barré sur la Charles River dans les petits matins glacés de Boston. Il me raconte qu'il y est un tout jeune enseignant. Devant mon étonnement, il sourit. Les quarante années précédentes il fut agent de la CIA dont il dirigea le bureau parisien. Je lui raconte que François Klotz, le jeune frère de ma grand-mère, fut parachuté par l'OSS – l'ancêtre de la CIA – lors d'une mission interalliée sur la Provence occupée.

Je repars avec Chuck, nous faisons quelques pas dans le jardin des Champs-Élysées. Je lui demande si les dossiers des opérations de l'OSS sont aujourd'hui accessibles. Bill Clinton en a levé la confidentialité cinq ans auparavant, Chuck connaît très bien l'archiviste en chef de la CIA, il me promet de chercher. Deux semaines plus tard, un volumineux colis DHL de plusieurs kilos m'arrive de Washington, le dossier *Operation Mercenary.* Je m'y plonge fébrilement. Tout ce que ma grand-mère ne comprenait pas, ne savait pas, se trouve là. Je lis, bouleversé. Mamie voulait tant savoir, jusqu'à la fin de ses jours elle me disait : « J'aurais voulu que François soit enterré avec notre famille au cimetière Montmartre. » Après la guerre, sans nouvelles de François, elle courut tous les états-majors et les ambassades alliées. Dans le chaos de l'après-guerre, elle se heurtait à l'indifférence ou au secret défense frappant une mission des services secrets. Elle mobilisa un de ses plus proches amis et ancien prétendant, le docteur Robert Worms de l'état-major du général de Lattre de Tassigny. Robert avait été un des derniers à avoir vu vivant

François Klotz à Alger. De Lattre organisa des recherches, sans succès. Elle finança un ami de Résistance de François, Albert El Koubbi, connu au Maroc et compagnon de captivité à Casablanca, pour enquêter en Provence près du lieu possible de son parachutage. Albert approcha de la vérité, mais l'ambassade américaine maintint une version officielle, contredite par de nombreux faits. Le secret devait être conservé. Et comme seule trace de ses combats, François Klotz se vit décerner la Silver Star Medal, une des plus hautes décorations américaines, la croix de guerre, la médaille militaire et la médaille de la Résistance française. Les circonstances de sa mort héroïque ne furent jamais découvertes et son corps jamais retrouvé.

Je me rappelle mon père nous conduisant avec ma mère et mes sœurs dans les années 70 sur les routes des Cévennes sur les traces du parachutage et d'une hypothétique sépulture de son oncle. En vain. Le saut nocturne solitaire et final de François le 28 juin 1944 resterait toujours dans les ténèbres.

Je reprends donc à soixante ans d'écart la quête de ma grand-mère, de mon père, et j'ouvre le dossier *Mercenary*. Beaucoup de réponses émergent progressivement, elles arrivent deux ans trop tard, après la mort de Mamie. Le recrutement de François dans une unité des services action des Alliés, le SPOC[1], son dossier de résistant au Maroc, son emprisonnement par Vichy, son dossier de combattant comme brigadier-chef dans les commandos d'Afrique en Tunisie, ses blessures et premières décorations, son entraînement comme officier, espion et saboteur, ses identités d'emprunt, l'objectif de sa mission à Marseille et à Aix, le réseau de saboteurs du SOE[2] et des FTP dont il devait prendre la direction, sa zone de saut, son parachutage, les différents mystères de sa disparition. En fin de dossier, je lis les textes de ses citations militaires. À trente-six ans, il laissera orphelin un fils de trois ans, mon cousin Antoine, avec qui je partagerai cette découverte sur l'héroïsme et le sacrifice de son père.

Je suis emporté par cette lecture. Ces feuilles tapées, annotées en anglais, en français. L'écriture de François par endroits, son entraînement aux fausses identités, ses essais de signatures, « François Kerret » ou « Lucien Lefort ». Ce dernier

1. *Special Project Operation Center*, unité tripartite des services secrets et action des Alliés (OSS américain, SOE anglais et BCRA français) pour préparer le débarquement de Provence par des missions de renseignement et de sabotage via des parachutages d'agents et d'armes.

2. *Special Operation Excecutive*, unité des services secrets et d'action de sabotage anglais créée par Churchill avec comme consigne « *Set Europe ablaze* », « Mettez le feu à l'Europe ». Sa section française était dirigée par le colonel Buckmaster, ses réseaux très actifs dans la Résistance intérieure française étaient surnommés les réseaux Buck.

nom sûrement choisi par lui, comme un hommage filial à Henry, dont le premier prénom était Lucien et dont le nom de famille alsacien Klotz signifie en français « le fort ».

Je découvre enfin les guerres de celui dont en hommage je porte le prénom. Mon grand-oncle François qui, comme mon oncle Didier, m'inspira pour servir dans l'armée comme parachutiste. Il m'envoie un signe soixante ans plus tard.

En décryptant les ordres de mission, les messages radio entre Marseille, Londres et Alger, je lève un peu le voile sur cette action d'espionnage et de sabotage.

Les dernières années de sa vie, Mamie se tournait souvent vers moi, me regardait un peu perdue, en prononçant « François », voyait un autre. En refermant le dossier *Operation Mercenary*, je lui promets de reprendre l'enquête qu'elle avait dû arrêter en 1947, se heurtant au silence des services alliés. De nouvelles pistes surgissent, il faudra aller aux archives à Marseille, puis dans celles des procès des gestapistes et miliciens locaux, à Londres dans les services anglais du SOE et à Vincennes pour les archives militaires françaises. Il faudra se rendre sur les deux zones de saut possibles que je localise enfin, pour y rechercher cinquante-huit ans plus tard d'éventuels témoins. Essayer de retrouver des anciens du SPOC et du SOE, toujours vivants

Cette vérité, je la dois à Anne-Marie, à Henry, à Antoine et peut-être aussi à Isaïe dont François comme tant d'autres de ses descendants avait tenu la promesse faite au roi : *Ce titre de Français... nous rendra au nombre des membres les plus utiles à l'État et à Votre Majesté.*

36

23 janvier 2005, Mémorial de la Shoah, Paris

Marcelle Chevalier 1893, Lucienne Foucaud 1899, André Hayem 1900, Étienne Hayem 1901, Claire Heilbronn 1872, Ernest Heilbronn 1867, Denise Klotz 1905, Georges Klotz 1868, Fernand Ochsé 1879, Louise Ochsé 1884, Claudine Sergine 1900, Maurice Sergine 1870[1]*...*

Avec Hubert, mon père, nous longeons en ce froid matin d'hiver le mur des Noms des déportés juifs de France, une heure avant son inauguration par Jacques Chirac et Simone Veil. Le mur aux 75 568 noms gravés dans la lumineuse pierre de Jérusalem paraît sans fin. Mon père se recueille

1. Pour retrouver les liens familiaux les unissant et les reliant à Isaïe Cerf Oulman, se rapporter à l'arbre généalogique simplifié en annexe.

longuement devant chacun des noms de ses tantes, de ses grands-parents, de ses cousins, de ses grands-oncles. Il les a tous connus et aimés, ils ont disparu l'année de ses treize ans. Les voilà une dernière fois réunis à Paris, au Mémorial de la Shoah, sur ce mur pour lequel, avec ma mère Gina depuis plus de vingt ans, comme vice-président de l'institution, il s'est tant battu afin qu'il voie le jour.

Soixante ans plus tard, des milliers d'orphelins, des familles entières vont enfin pouvoir pleurer sur la tombe symbolique des leurs assassinés à l'orée du petit bois de bouleaux à Birkenau, à Sobibor, à Kaunas, à Reval et à Buchenwald. Des kaddishim sont murmurés, des doigts effleurent chaque lettre des noms des disparus, des pleurs les entrecoupent, des bougies s'allument, des petites pierres sont posées.

En ce jour je pense à Mamie qui n'aurait pu supporter de voir les noms de tous les siens ainsi rassemblés. À chaque nom lu, des questions en cascade m'assaillent. Que sais-je de leurs vies ? Parfois même de leurs visages ? De leurs arrestations mystérieuses dans un Paris sur le point d'être libéré ?

Cinq ans auparavant, en cette année 2000 du réveil des violences antisémites en France, j'avais souhaité reprendre un militantisme actif et rejoindre le conseil et le bureau du Mémorial de la Shoah. Passionné d'histoire et d'éducation, j'étais convaincu que par l'enseignement précis des haines, des crimes, des compromissions, mais aussi du sauvetage, des caches et de la Résistance, nous permettrions à une jeunesse française en mal de repères de repousser les fanatismes. Je me suis donc engagé au Mémorial. J'y ai rejoint l'équipe d'historiens et de pédagogues présidée par Éric de Rothschild – secondé par mon père – et dirigée avec enthousiasme par Jacques Fredj. À son conseil, je retrouvais des rescapés témoins dont Simone Veil et Marcel Stourdzé, des justiciers comme Serge Klarsfeld et Robert Badinter, des historiens comme Rita Thalmann. Je mobilisais mes amis pour financer la pierre tombale de nos morts et les premiers programmes d'enseignement sur la Shoah et les génocides. J'appuyais la naissance des formations de professeurs, puis, à partir de l'agrandissement du Mémorial en 2005, de l'enseignement sur l'histoire des génocides du XXe siècle auprès des jeunes Français.

Ce combat à l'aube de mes quarante ans, l'âge de mon grand-père en 40, je le devais aux miens assassinés, aux miens résistants. Ce combat, je le devais aussi à ma grand-mère, à ce qu'elle m'avait transmis. À celle dont les derniers jours furent entachés par les cris de haine antisémite sur le pavé de Paris. Ce combat, je le devais enfin à mon pays, la France. Profondément patriote et démocrate, je savais intimement que lorsqu'une vague antisémite déferlait elle ne s'arrêtait pas aux Juifs. Elle irait aussi s'attaquer à notre socle de valeurs et à notre démocratie. Dans la tourmente, nous sommes toujours des éclaireurs. Quand un peuple s'attaque à ses Juifs, cela ne s'arrête jamais là, comme en 1306, en 1898, en 1936. Nous étions bien seuls à la fin de l'année 2000 à tirer la sonnette d'alarme. Nos avertissements ne furent pas entendus ou si peu. Une décennie plus tard la France serait un des pays les plus touchés en Europe par la vague des massacres islamistes qui avait débuté par les Français juifs pour ensuite meurtrir l'ensemble des Français.

Administrateur du Mémorial depuis cinq ans, j'avais toujours reculé le moment où je devrais y chercher les traces des miens. Je promets ce jour-là, devant ce Mur, d'entamer la quête et de me rendre au service des archives.

– Karen, voici la liste des seize membres de ma famille internés ou déportés, tous assassinés, pourrais-tu rechercher tout ce que nous avons sur eux dans notre centre de documentation ?

Je suis au quatrième étage du Mémorial de la Shoah, avec Karen Taieb, la directrice du centre. Rendez-vous est pris, elle cherchera dans nos archives, mais aussi dans celles du Mémorial de Caen et pour Henry Klotz dans celles de l'Assistance publique-Hôpitaux de Paris, à qui après guerre furent donnés, par la famille Rothschild, l'hospice de Picpus et l'hôpital Rothschild.

Quelques semaines plus tard, dans la salle de documentation où au travers de grandes baies vitrées on devine les étoiles de David entrelacées de la façade, je tiens une petite fiche cartonnée d'un vert passé sur laquelle je déchiffre une écriture d'instituteur aux beaux pleins et déliés :

Nom : Klotz
Prénoms : Lucien, Henry
Nationalité : Française
Date de naissance : 1866
Lieu de naissance : Paris
Adresse : Place Porte-de-Champerret, Paris

– Voilà sa fiche d'arrivée au camp de Picpus, m'explique Karen.

Je songe alors à la conversation avec Mamie sur notre terrasse aux herbes folles proche des blés moissonnés. La dernière trace de son père est là, sur cette petite fiche enfantine, un passeport pour la mort.

Karen sort à présent un grand cahier noir orné d'une étiquette sépia, où de la même écriture appliquée on peut lire :

Camp de Picpus
76, rue de Picpus, Paris 12^{e}
1944
Période d'occupation

Le cahier des arrivées et des sorties. Dans celui des arrivées du 31 juillet, je trouve son nom, entre *Stiebel Marguerite de Châtenay-Malabry* et *Moïse Guillaume de Levallois-Perret*. Dans celui des sorties, entre *Marguerite Stiebel décédée au camp le 4 août à 62 ans d'une embolie cardiaque* et *Guillaume Moïse libéré le 6 septembre avec son épouse Fernande*, je découvre les détails de la mort d'Henry.

Klotz Lucien, Henry, 21 septembre 1866, fils de Victor (Klotz) et Victorine Meyer, divorcé, paraplégie prostatique, 31 juillet-18 août 1944 à 5 h, Orphelinat (Interne).

Pierre, l'ami rescapé, nous avait tout dit. Henry est bien mort le 18 août à l'aube, quelques heures avant la libération du camp par la Résistance. Je referme le cahier.

– François, les membres de la famille de ta grand-mère, les Klotz, Hayem, Sergine, Ochsé, déportés par le convoi 77 du 31 juillet 44, ont tous été gazés à leur arrivée, sauf Denise ta grand-tante.

De sa voix blanche, un peu émue, Karen me donne ces nouvelles. Elle a appris au fil des ans à délivrer aux familles ces froides informations, les aider à se rapprocher de l'indicible. Je découvre ainsi que Denise la jeune sœur adorée de ma grand-mère avait pu survivre, mais pour combien de temps ? Elle n'est jamais revenue.

– Voici une lettre de témoignage d'une rescapée du convoi 77, amie de Denise. Elle s'appelait Zelda Ménascé, elle avait vingt-sept ans et avait été arrêtée place de la Bourse avec son cousin Charles, par des gendarmes français, le 12 juillet 44, le même jour que Denise.

Elle me tend la lettre.

Paris, 15 avril 1946

Je soussignée, Mademoiselle MÉNASCÉ Zelda, habitant à Asnières, 12 rue du Château. Déportée le 31 juillet 1944 à Birkenau, rapatriée le 3 juin 1945, certifie avoir fait la connaissance de Madame Klotz Denise au camp de Drancy, le 13 juillet 1944.

Je suis restée en contact avec cette dernière d'une façon permanente à Birkenau, camp B II, jusqu'au mois de novembre 1944, date à laquelle je suis entrée à l'infirmerie, d'où Mme Klotz sortait précisément.

Elle était d'une santé délicate à la suite d'une poliomyélite contractée avant son arrestation et faisait de nombreux séjours à l'infirmerie. C'était l'époque des sélections, et je sais qu'à deux reprises elle fut sélectionnée comme étant incapable de travailler, ce qui signifie en toutes probabilités qu'elle fut envoyée au four crématoire. Même à supposer que ce ne fut pas le cas, je puis certifier que Mme Klotz Denise était, au mois de novembre 1944, dans un état d'affaiblissement extrême. Elle était exténuée, ne mangeait pour ainsi dire rien, et incapable de tenir jusqu'à la date de la libération.

Il ne fait donc aucun doute pour moi qu'elle est morte probablement exterminée par les Allemands, en tout cas de maladie.

Fait à Paris, le 15 avril 1946

Z. Ménascé

Denise avait réussi à survivre quelques mois, mon père l'ignorait, ma grand-mère le savait-elle ? Elle m'avait toujours dit qu'ils furent tous gazés à leur arrivée. Avait-elle rencontré Zelda ? Avait-elle cherché des témoins après guerre du meurtre des siens, comme l'avait entrepris mon grand-père pour celui de ses parents et de sa sœur, pour la mort au combat de son frère, Pierre ? Elle ne m'avait jamais rien dit pour Denise. Elle se sentait coupable de l'avoir laissée repartir à Paris depuis Saint-Martin-d'Uriage où elle l'avait hébergée un temps. Elle n'avait pas réussi à la convaincre de quitter Paris et de venir se cacher, à nouveau avec eux, à Moulins pour la fin de la guerre. Nous avions peu parlé de Denise, comme pour son frère François je sentais confusément qu'elle n'était jamais parvenue à faire ce deuil si cruel. Je n'osais évoquer Denise de peur de rouvrir des plaies douloureuses.

Je repose la lettre de Zelda. J'imagine Denise si menue, frêle, toujours élégante, le crâne rasé, décharnée, vêtue de hardes, gisant dans un grabat du « revier », ce mouroir des internés d'Auschwitz. Il eût mieux valu que ma grand-mère ne connaisse pas cette fin et les imagine tous partis ensemble en fumée.

Karen me tend un autre témoignage, visiblement extrait d'un procès-verbal tapé sur un carbone administratif et signé d'une belle écriture inclinée :

Je soussignée Monique Adout, ancienne déportée d'Auschwitz, certifie que Madame Denise Klotz a été déportée en même temps que moi à Auschwitz où nous sommes restées ensemble quatre mois environ. À ce moment-là j'ai été transférée dans un autre camp et Madame KLOTZ n'a pu faire partie de ce convoi car elle était malade à l'infirmerie.

La famille est toujours sans nouvelles d'elle.

Monique Adout

Paris, le 4 avril 1946

Mon émotion me surprend. Comme ma découverte deux ans auparavant du dossier de l'OSS de François Klotz, ces lettres des rescapées de Birkenau me racontent, à moi qui suis né plus de quinze ans après la guerre, une histoire méconnue, partielle, remplie de vide, de silence, de souffrance et d'absence. Les grands-oncles et tantes que j'aurais pu connaître et aimer.

Denise la cadette de deux ans de ma grand-mère, sa sœur préférée, sa complice de toujours, que ma grand-mère évoquait si souvent. Et ce prénom de Denise, je suis sûr, favorisa l'amitié et la tendresse que Mamie eut toujours pour Denise Jacob devenue Vernay. Une Denise était revenue des camps !

Je découvre par bribes d'autres traces de Denise, dans la froideur des dossiers administratifs, ses fiches d'arrestation, d'internement, de déportation. Sur un petit carton d'un rose passé, la fiche d'internement de Drancy, a été ajoutée à la main la mention « dernières nouvelles, 27 octobre 44 » et, plus haut, « était toujours avec Claudine Sergine et Zelda Ménascé ». Toujours avec Claudine et Zelda. À Drancy sûrement, mais à Birkenau ? Claudine aurait-elle survécu elle aussi au gazage immédiat ? Pour combien de temps ? Aucune trace dans les archives ! Claudine, la cousine préférée de ma grand-mère, son amie des joies d'enfant et des baignades à Étretat, où elles passaient l'été dans la grande maison blanche de leur grand-père Julien Hayem, Claudine disparue elle aussi, dans la nuit de Birkenau avec son père Maurice, le dramaturge, auteur de la comédie à succès *Le Greluchon*, jouée au théâtre de l'Athénée en 1910. Claudine dont ma grand-mère pensait qu'elle avait été gazée à son arrivée. Claudine, une autre descendante d'Isaïe morte dans la plaine de Silésie, mais comment ?

Je reviens à Denise et consulte un extrait d'un dossier administratif du ministère des Anciens Combattants et Victimes de guerre en date d'avril 1952. Il est barré d'un tampon à l'encre violette légèrement effacée, « MORT POUR LA FRANCE ».

Acte de décès
L'an mille neuf cent quarante-quatre en décembre est décédée à Birkenau (Pologne)
KLOTZ Thérèse, Denise
Née le 15 octobre 1905
À Paris 8e
Domiciliée : Seine, Paris 11e, 64 avenue de la République
Fille de KLOTZ Lucien, Henry et de HAYEM Flore, Louise son épouse
Divorcée de – HELBRONNER – Georges, Victor, Didier
Établi le 11 juin 1947.

MORT **POUR** LA FRANCE, à chaque fois que je lis cet hommage de la République aux Juifs morts en déportation, un autre terme se juxtapose, MORT **PAR** LA FRANCE. Mort d'avoir été désigné, fiché, abandonné, spolié, arrêté, livré, déporté. Zelda arrêtée à l'Opéra avec son cousin

Charles, âgé de vingt et un ans, qui ne reviendra pas, « par deux gendarmes français ». Arrêtés le 12 juillet 1944 ! Un mois avant la libération de Paris. Denise arrêtée elle aussi le 12 juillet 1944 !

Un autre dossier sur Denise, provenant des archives de Caen, m'apprend qu'elle a participé à un réseau de Résistance sous le nom de « Madame Denis ». Denise résistante ? Cela ne m'étonne pas. Malgré les dangers elle avait quitté les Alpes et ma grand-mère fin 43 pour repartir à Paris, car elle avait « des choses à faire » et devait veiller sur leur père seul dans son appartement de la place de la Porte-de-Champerret. Ces « choses », une résistance ? Mais sous quelle forme ? Je ne trouve aucune information sur son réseau, ses activités, hormis un nom, « Madame Denis ».

Henry, Denise, le mystère se dévoile peu à peu dans ces papiers glaçants de l'administration française relatant sans le nommer leur assassinat. Rien, pourtant, sur les causes des mystérieuses arrestations en série, de juillet 44, de neuf membres de nos familles Hayem et Klotz.

En ouvrant d'autres dossiers, je me rends compte que la première arrestation, en date du 11 juillet, est celle de Georges Klotz, le jeune frère d'Henry, le « capitaine » ami de Robert de Montesquiou.

Dans sa fiche d'arrestation, Georges l'élégant officier héros de 14-18, toujours vêtu d'un trois-pièces, portant nœud papillon et chapeau mou légèrement incliné, est traité comme un malfrat avec une photo de face et de profil. Sur une autre fiche, un âge, « 75 ans », puis des indications de police, « surdité », « cicatrice œil droit », deux séquelles de sa guerre héroïque. Qu'il est loin le temps du *Pays des aromates* où Montesquiou lui dédiait son livre.

Dans l'exemplaire de Georges donné par mon père, Montesquiou écrit de sa belle écriture courbe où les T jouent aux F :

Exemplaire de Georges Klotz

Et sur la page suivante, il avait composé un poème original dédié à Georges :

Le chef des odeur suaves,
Puisque c'est moi qui le suis
Pour des raisons assez graves
Que je ne veux, ni ne puis

Abdiquer… je cherche vos titres
Vous remerciant des pleurs
Que vous distillez aux litres
Du secret de bien des fleurs

Puisque leurs âmes, cher Georges,
Vous en ont dit quelques-uns,
Soyez le Maître de Forges
De la Forge des Parfums.

Comte Robert de Montesquiou

Le matin du 11 juillet 1944, des SS autrichiens sont venus arrêter au 41 du boulevard Exelmans le « Maître de la Forge des Parfums », ce distingué vieil homme de soixante-quinze ans. Qu'ont-ils trouvé chez lui pour que le lendemain ses deux nièces, Lucienne et Denise Klotz, soient capturées à leur tour ?

J'ouvre un autre dossier. *Morte en déportation, FOUCAUD née KLOTZ, Lydie, Édith Emma, Lucienne, née le 10-9-1899.* Des tampons, des feuillets ronéotypés et jaunis, des fiches individuelles, des cotes, à nouveau la froideur administrative, pour m'annoncer ce que je sais déjà, la mort de la sœur aînée de ma grand-mère à « Auschwitz (Pologne) ».

Lucienne avait quarante-cinq ans. Divorcée de Jacques Bloche dont elle eut deux enfants, Édith et Gilbert, elle était séparée de son second mari, Pierre Foucaud, dont elle avait conservé le nom. Elle aussi fut arrêtée à son domicile parisien, le 11 ou le 12 juillet, dans le XIVe non loin de Denfert, au 20 de la rue Ernest-Cresson. La date de son arrestation aura son importance dans ma quête, mais les dossiers sont contradictoires, parfois le 11 dans un dossier des anciens combattants d'après guerre, ou le 12, jour de son entrée à Drancy. Lucienne y est enregistrée sous le numéro 25078, donc bien après Georges qui a lui été enregistré la veille sous le numéro 25006, et juste avant Claudine sous le 25087 et Denise sous le 25089. Elle est affectée à l'escalier 19 dans la chambrée 3 avec sa sœur Denise, sa cousine Claudine Sergine et sa tante Louise Ochsé. Cet escalier antichambre de la mort était comme le numéro 20 destiné aux condamnés à la déportation immédiate.

Deux témoignages datés de décembre 1945 de Zelda Ménascé et de Léa Warech attestent qu'elle a été dirigée vers les chambres à gaz dès son arrivée à Auschwitz le 4 août, le jour des soixante-seize ans de Georges. Je retrouve à nouveau Zelda, la camarade de Denise.

Dans une lettre manuscrite, à l'écriture bien droite et appliquée, Zelda donne de nouvelles précisions :

> *Madame Foucaud a été ma voisine de lit jusqu'au 31 juillet 1944, date à laquelle nous avons été déportées à Auschwitz (Hte-Silésie). Nous avons fait le voyage dans le même fourgon.*

Cette dernière phrase me renvoie à un mot de ma grand-mère. *Ils voyagèrent tous dans le même wagon*. Elle savait donc ! Elle avait peut-être rencontré Zelda, lu ses témoignages. Pourquoi n'en parlait-elle jamais ? Mon père, ma tante, mes cousins l'ignoraient. Que recèle donc encore cette lettre, soixante ans après répond-elle à tant des questions restées en suspens dans notre famille ?

J'affirme qu'à notre arrivée à Auschwitz, à la descente du wagon, au cours du triage effectué par un médecin allemand... Un médecin ? Mengele, peut-être ? « L'ange de la mort » qui, en cet été 44 déversant les Juifs hongrois, français, belges et hollandais sur la rampe de la mort, participait à de nombreuses sélections. Cette rampe d'arrivée à quelques centaines de mètres des chambres à gaz que j'avais foulée pour la première fois quelques mois auparavant. Lucienne, comme ses oncles Georges, Maurice, Fernand et sa tante Louise, *avait été classée parmi les non-aptes au travail avec les vieillards et les enfants*, comme l'écrit Zelda.

Puis au détour d'une phrase, je découvre la vérité – non sue ? non dite ? – sur Claudine. *Tandis que sa sœur Mme Denise Klotz, sa cousine Mlle Claudine Sergine et moi-même avons été choisies à destination du camp des travailleurs.* Claudine était donc bien avec Denise à Birkenau, pas seulement à Drancy. Claudine avait quarante-quatre ans, presque le même âge que Lucienne. Lucienne avait été sélectionnée bien que très sportive et paraissant très jeune. D'ailleurs Zelda écrit à tort : *Mme Foucaud est donc partie à gauche tandis que nous allions à droite. Je suis d'autant mieux en mesure d'affirmer ce fait qu'il nous a surprises, étant donné que Mme Foucaud était plus jeune que sa sœur et que Mlle Sergine.* Contrairement à ce que pensait Zelda, Lucienne avait cinq ans de plus que Denise et un an de plus que Claudine. Mais Lucienne, jolie femme enjouée, avait toujours fait plus jeune. Sauf devant ce « médecin » ? Un médecin, quel titre dévoyé !

Je me rappelle mon oncle Gilbert, le fils de Lucienne, nous racontant que la décision avait été prise en France d'éliminer sa mère parce qu'elle connaissait celui qui les avait dénoncées. En lisant ces dossiers, je ne le pense pas. Elle avait quarante-cinq ans et à cet âge-là presque tous étaient gazés dès leur arrivée. Claudine avait miraculeusement échappé à la sélection. Elle avait peut-être menti sur son âge, informée par un déporté à la descente du train ? Mais qu'était-elle devenue ?

Je retourne aux archives. Je cherche la trace infime qu'aurait pu y laisser Claudine. Et là, dans un dossier oublié et au bas du récit d'une rescapée du convoi 77, dans un témoignage de Berthe Libers du 18 juin 1945 à l'hôtel Lutetia, une « Claudine » apparaît sans nom de famille. Je déchiffre les notes prises à la hâte par la personne recueillant les évocations du camp par Berthe, une assistante sociale revenue miraculeusement d'Auschwitz à l'âge de trente-huit ans.

Décédées: ... Claudine, d'une maison de couture de Paris (40 ans environ).

L'âge, la ville et le métier correspondent. Je me rappelle ma grand-mère évoquant sa cousine toujours élégante occupant un poste important à la Maison Worth de la rue de la Paix, dont les collections habillaient le Tout-Paris avant-guerre. Sur la liste du convoi 77, je lis chaque nom et prénom, un à un, parmi les 1 310 déportés dont 324 enfants, tant d'enfants raflés sur ordre de Brunner des foyers d'orphelins. Ces listes sur papier jauni, bien ronéotypées même en cette fin juillet 44 où les troupes alliées progressent sur Paris. Ces listes, acte d'exécution signant le meurtre de plus de mille d'entre eux dont 125 enfants de moins de dix ans, tous gazés dès leur arrivée. La liste me confirme qu'il n'y avait qu'une seule Claudine dans ce convoi, elle se nommait Sergine, elle avait quarante-quatre ans, elle était la fille de Juliette Hayem, la petite-fille de Julien. Elle était présente avenue de Messine en octobre 27 où, comme ses cousines et cousins assassinés avec elle, ils avaient découvert le geste salvateur de leur aïeul Oulman.

D'un signe du cruel docteur Mengele, elle échappa à la mort immédiate. C'était bien lui « le médecin » du témoignage de Zelda, Berthe Libers le précise:

Sélection par Mengele, 5 par 5, hommes d'un côté, femmes de l'autre. Des femmes de 33 ans seules ont été envoyées au four et la déportée avait 38 ans.

Il n'y a plus d'autre trace de Claudine, sur sa destinée dans l'enceinte de Birkenau. Qu'est-elle devenue ? Comment a-t-elle péri ? Aucun signe, même le plus ténu, nulle part, dans aucun dossier. Claudine a disparu sur cette plaine désolée de haute Silésie entre l'été torride de 1944 et l'hiver polaire qui décima le camp.

Je referme ébranlé ces cinq dossiers, remercie Karen. Je descends songeur les quatre étages du Mémorial et me recueille longuement devant le Mur des Noms des Juifs déportés de France à l'année 1944, où sont gravés les quinze noms des miens. Seul manque le nom d'Henry, qui ne fut pas déporté mais assassiné en France.

37

2005, montagne Sainte-Geneviève

En ce début de printemps, l'air est tiède, une douce lumière ocre embellit Paris, je décide de rentrer du Mémorial à pied. Je traverse la Seine par l'île Saint-Louis. Là, rue des Deux-Ponts, je m'arrête toujours au numéro 12 devant une plaque discrète qui ne dévoile rien du crime, ni de la tragédie.

À la mémoire des 112 habitants de cette maison dont 40 petits enfants déportés et morts dans les camps allemands en 1942.

Qui peut comprendre la signification de cette plaque des années 50 ? Symbole d'une époque où par discrétion on omettait d'écrire « juif » pour ne pas choquer, et on s'abstenait d'évoquer le rôle criminel de la police française, responsable de ces arrestations. Devant l'inscription, je pense à mon ami Milo Adoner, un des seuls rescapés de la rafle de l'été 42 dans ce foyer pour Juifs émigrés et pauvres. Milo, vaillant témoin à l'accent de titi parisien, ce Gavroche du Marais qui allait se baigner dans la Seine avant guerre avec ses « copains » de l'école de la rue des Hospitalières-Saint-Gervais, la plupart assassinés. Sur le pont de la Tournelle, mon regard plonge dans le fleuve. Ses remous épousent mes pensées, j'imagine les baignades de ces « petits enfants » si joyeux du Pletzl [1] comme leurs fins tragiques à l'été 42, déportés séparés de leurs parents puis assassinés dans les chambres à gaz de Birkenau.

Rive gauche, au lieu de flâner sur les quais, j'emprunte, comme aimanté, les rues étroites qui conduisent à la montagne Sainte-Geneviève.

Je repense à mes découvertes, à ce sinistre agenda : Georges arrêté le 11 juillet 1944, Lucienne le 11 ou le 12, Denise le 12, André Hayem leur cousin le 12, Claudine leur cousine et Maurice Sergine leur oncle le 12. Leurs cousins Fernand et Louise Ochsé arrivent à Drancy le 12 en provenance de Nice et de Cannes où ils furent arrêtés le 3 juillet. Fernand était un brillant compositeur d'opérettes, mais aussi peintre et décorateur de théâtre, très proche de Reynaldo Hahn marié à la

1. « Petite place » en yiddish, la « place Saint-Paul » ou « place des juifs ». Ce vieux quartier juif du Marais date du XIIIe siècle. Il accueillit de la fin du XIXe à la première moitié du XXe siècle de nombreux juifs d'Europe de l'Est fuyant les persécutions.

veuve de son frère Julien, la sculptrice belge Louise Mayer, tant admirée d'Apollinaire. En deux jours, ils se retrouvent tous internés à Drancy, sauf Henry arrêté le 31.

Dans les documents que je viens de refermer, il y avait aussi un mot d'André Hayem, le fils du capitaine Émile Hayem, posté à sa femme le 17 juillet de Drancy. Évoquant une arrivée simultanée dans cette antichambre des camps : *Retrouvé ici amis (illisible) et famille Sergine et Klotz, arrivés même jour que moi ainsi que Fernand Ochsé.*

Ma grand-mère a toujours pensé que c'était le second mari de sa sœur Lucienne, Pierre Foucaud, qui les avait dénoncés. Mais Édith, la fille de Lucienne, se rappelait que sa mère lui avait demandé en mai les adresses de la famille pour qu'un « résistant » établisse des faux papiers. Édith avait aussi rencontré Foucaud qui s'inquiétait de la confiance qu'accordait Lucienne à un type dont on ne savait pratiquement rien, qui pouvait mentir sur sa qualité de résistant à l'ennemi ou s'en vanter imprudemment. Un carnet d'adresses saisi au domicile de Georges, le premier membre arrêté de la famille, paraît le plus plausible. Une autre hypothèse est également envisageable. Sur la fiche d'arrestation de Lucienne est noté « Kommando Drancy ». Cela signifie qu'elle aurait été arrêtée par un « kommando » venu de Drancy. À l'été 44, Alois Brunner infligeait des interrogatoires, menés par des « missionnaires » ou « piqueurs », aux personnes arrivant à Drancy afin de trouver les adresses ou les caches d'autres membres de leur famille. Georges aurait-il été victime des « piqueurs » de Brunner ? Georges, ce héros de 14, aurait-il craqué ? Peu importe, une seule certitude, les Hayem-Klotz arrêtés cet été 44 ont tous été assassinés.

Quelques mois plus tôt, c'était ce même capitaine SS, Alois Brunner, qui avec ce même « kommando » de SS autrichiens arrêtait à Uriage mes arrière-grands-parents Ernest et Claire Heilbronn âgés de soixante-dix-sept et soixante-douze ans et leur fille, Marcelle Chevalier, infirmière décorée de 14-18, pour les faire déporter par le convoi 69 et assassiner par le gaz à Birkenau. Brunner le responsable de l'assassinat de tous les miens finit sa vie en policier zélé et efficace de la dictature syrienne de Hafez El-Assad.

Dans mon élan, je gravis la « montagne », longe le lycée Henri-IV, dont pointe la tour Clovis, seul vestige de l'ancienne église Sainte-Geneviève. Je laisse à ma droite l'église Saint-Étienne-du-Mont que François Klotz imaginait en basilique Sainte-Geneviève. Elle abrite toujours les châsses de la sainte patronne de Paris. Je dépasse la bibliothèque du même nom et débouche sur la place du Panthéon. Mes pas me guident vers la faculté de droit. J'emprunte un très long couloir, descends quelques marches. À l'entrée principale, une plaque rend hommage aux *professeurs agrégés et chargés de cours, anciens élèves de la faculté de droit de Paris, morts pour la France en 1914-1918.* Je la parcours lentement, pour découvrir celui que je cherche. *HAYEM Henri, Alfred, Chargé de cours à la faculté de Droit d'Aix.* Henri Hayem, le fils de Georges Hayem le professeur de médecine ; le neveu de Julien, le cousin d'Henry Klotz et d'Émile Hayem, le kaddish fut aussi prononcé pour lui ce samedi d'automne 1927, avenue de Messine, par la famille Hayem, décimée depuis. Je lève les yeux. Au-dessus de la plaque trône une horloge aux aiguilles arrêtées. Les heures, les époques se chevauchent. Le temps s'est figé, il sera toujours midi.

Henri Hayem servit comme lieutenant au 33e régiment d'infanterie. Il tomba le 16 février 1915 en menant l'assaut de sa compagnie contre une tranchée ennemie, dans les redoutables combats du Mesnil-lès-Hurlus dans la Marne. Il reçut la croix de guerre et la Légion d'honneur.

Le Mesnil-lès-Hurlus, un nom de village prédestiné, de mauvais augure, empli de hurlements avant un silence de morts. Rasée, rayée de la carte durant l'hiver de 1915, la bourgade ne fut jamais reconstruite. Il ne reste plus rien sur cette plaine de Champagne. Afin d'échapper à l'oubli, le nom du village fantôme susbiste aujourd'hui, accolé à celui de Minaucourt. Mais qui se souvient de celui des 750 hommes et 18 officiers du 33e d'infanterie, presque un tiers du régiment, fauchés en quatre jours ? Qui évoque encore les assauts illusoires s'éteignant sur ces « toiles d'araignées » qui défendaient les doubles et profondes tranchées allemandes ?

Le matin glacial du 16 février, après une violente tempête de neige qui avait différé l'attaque prévue le 12, la 3e compagnie du lieutenant Martin secondé par le lieutenant Hayem a pour ordre de monter à l'assaut des « tranchées grises » en « empruntant les passages pratiqués par les sapeurs ou en se rabattant sur elles », selon les instructions transmises par le capitaine de Gaulle, adjoint du lieutenant-colonel Boud'hors commandant le 33e.

L'assaut est donné à 10 heures, après une modeste préparation d'artillerie, la 3e compagnie, tous ses officiers en tête, sort des tranchées et fonce sous la mitraille vers les positions allemandes. Puis le silence recouvre la plaine de Champagne. En fin de matinée de Gaulle envoie au capitaine Charue du 3e bataillon l'ordre suivant : « On me dit que Martin est dans la tranchée boche. Si c'est vrai, faites n'importe quoi pour l'appuyer. D'ici là un feu d'artillerie modéré mais ininterrompu. »

Charue lui répond à 13 heures : « Pour Martin, je sais qu'il est parti au signal, mais impossible de savoir s'il a atteint la tranchée ennemie. Il est probable qu'il est tombé avant.

Pertes : lieutenant Hayem, tué. Sous-lieutenant Wanbeke, grièvement blessé. Sous-lieutenant Boulinguez, blessé. Sous-lieutenant Bridoux, blessé. Carry (capitaine), blessé.

À la 2e tentative d'assaut sur la gauche les quelques hommes sortis de la 1re compagnie ont été aussitôt fauchés. Capitaine Lapertot probablement tué. »

« Lieutenant Hayem tué. » Laconisme et pudeur des guerriers. Trois mots lapidaires, pour dire une vie qui s'éteint. Un fils, un frère, un brillant professeur vient de mourir pour s'emparer d'une tranchée inexpugnable dans le froid polaire de l'hiver 1915.

Charue adresse un autre message dans l'après-midi, qui sonne le glas de plusieurs centaines d'hommes : « Aucune nouvelle de la 3e compagnie. N'aurait pas atteint la tranchée ennemie. »

Quatre jours plus tard, le lieutenant-colonel Boud'hors demanda à de Gaulle d'envoyer ce message à l'état-major :

« Malgré les pertes dont le total s'élève à 18 officiers et 750 hommes [...] Le 33e demeure en état de conserver le terrain qui lui est confié. »

« Le 33e demeure » ! Pugnacité et fierté militaire. Et pourtant, un tiers de ses officiers sont tombés en quatre jours et un quart de ses soldats, la 3e compagnie des lieutenants Martin et Hayem a été totalement anéantie !

Plus tard, après avoir été blessé d'une balle à la main gauche dans le village disparu du Mesnil-lès-Hurlus, prisonnier en Allemagne, retiré des champs de bataille, Charles de Gaulle décrira avec plus de recul et de lucidité les pertes inutiles de l'hiver 1915.

« Ces assauts sans illusion exécutés contre des réseaux de fil de fer intacts et profonds où les meilleurs officiers et les meilleurs soldats allaient se prendre et se faire tuer comme des mouches dans des toiles d'araignées. »

Je quitte mes souvenirs livresques, et j'en reviens à ton nom, cher Henri, sous le temps arrêté et complice de l'horloge de la faculté de droit. Tu comptais parmi « les meilleurs officiers », pour ce jeune capitaine de Gaulle avec lequel tu as partagé les tranchées et les combats de Champagne. En lisant ton nom, je ne peux m'empêcher de penser à ton destin si tu n'avais pas été fauché à l'âge de trente-six ans à la tête de ta compagnie par cette mitraille et pris dans ces « toiles d'araignées » insuffisamment détruites par l'artillerie.

Tu serais devenu un grand professeur de droit admiré par ses élèves dans cette antique Sorbonne. Puis en 1940, à l'âge de soixante et un ans, malgré ton héroïsme, tes médailles, l'estime de tes confrères et étudiants, l'État français t'aurait chassé de l'Université. Oubliant l'hommage rendu à ton régiment héroïque – « Honneur à vous vaillants soldats de 1915, vous êtes grands parmi les grands» –, l'ancien chef de corps du 33e de 1912 à 1914, le colonel Pétain, devenu maréchal, aura personnellement veillé, dès le 3 octobre 1940, par le statut des Juifs durci de sa main, à ce que ton titre de professeur des universités, comme tes décorations gagnées au feu, te soient retirés.

En cet été 40, tu aurais peut-être rejoint ton camarade de Gaulle à Londres comme l'a fait un de tes anciens élèves en droit à Aix, René Cassin, depuis honoré au Panthéon. Ou tu te serais caché dans le Paris occupé comme tes cousins Henry et Georges Klotz, anciens officiers multidécorés comme toi. Tu aurais sûrement rejoint la Résistance, tu aurais peut-être été arrêté, déporté et assassiné à Buchenwald comme ta sœur Marguerite Hayem, son mari René Cahen, directeur des *Archives israélites*, et leur fille Marie-Louise Cahen, la chroniqueuse littéraire spécialiste de Proust. Si tu avais échappé à cette arrestation, tu n'aurais peut-être pu éviter celles de juillet 44 qui emportèrent tes cousins Klotz, Hayem, Sergine et Ochsé.

Mais tu n'as pas eu le temps de connaître ni ces bonheurs, ni la traîtrise de ton ancien chef, ni l'horreur de l'assassinat collectif des tiens. En Champagne, par un matin glacé de février tu n'as pas hésité pistolet au poing, sifflet aux lèvres, à bondir le premier de la tranchée pour mener l'assaut fatal de tes hommes de la 3e compagnie du 33e d'infanterie. Ce régiment auquel de Gaulle restera toujours fidèle.

Je me remémore une lettre tirée de la bibliothèque de mon père datée du 1er septembre 1944, une semaine après la libération de Paris adressée par son libérateur au général Boud'hors : « Pour combien ont compté dans ce que j'ai tenté de faire les glorieux souvenirs de notre vieux 33e et de votre commandement. »

Cher Henri Hayem, tu avais participé de cette gloire qui accompagna de Gaulle dans sa résistance admirable. Tu es tombé au champ d'honneur devant une tranchée « boche », dans cette neige boueuse qui fut ton linceul. Des années plus tard, autre saison, autres mœurs : par le brûlant été 44, plus de quatorze des tiens périrent dans des centres de mise à mort aux confins de l'Europe, quand ton cher cousin Henry, handicapé et prisonnier laissé sans soins, agonisait sur un grabat dans un Paris sur le point d'être libéré.

Attiré par le Panthéon, je remonte la rue Soufflot. Ce bâtiment est, comme l'a souhaité Louis XV, un des plus hauts de Paris. Je l'ai toujours aimé. Quand j'étais petit garçon, de retour de nos week-ends en Brie, alors que nous descendions la rue Jeanne-d'Arc vers le boulevard Saint-Marcel, mon père me faisait croire que le Panthéon prenait l'ascenseur. Par un effet d'optique produit par la pente de la rue, le Panthéon se cachait progressivement derrière les immeubles. Chaque dimanche, j'attendais ce prodige, le moment de la disparition de mon monument préféré, sachant que cette évanescence n'était qu'un jeu, que nous aurions rendez-vous, lui et moi, la semaine suivante. Je le vois de plus près maintenant, mon Panthéon, il ne disparaît plus, il grandit, je me rapproche, sa masse m'écrase, m'édifie. Ses colonnes corinthiennes, sa forme presque carrée lui donnent l'assise et la puissance d'un temple grec, sa haute coupole et sa croix évoquent Saint-Pierre de Rome. Seul le fronton ajouté au XIXe siècle transforme ce lieu de culte en temple républicain, par son hommage allégorique à la Révolution. La Patrie y distribue des couronnes aux Hommes qu'elle honore, entourée de la Liberté et de l'Histoire. Je lève la tête, j'aime lire la devise : « Aux grands hommes la patrie reconnaissante ». En ce jour où j'ai découvert les circonstances de la disparition des miens, mes pas m'ont conduit ici, je me recueille devant les plaques de leur oncle et cousin, Émile Hayem mort au combat, et de leur autre oncle, Maurice Sergine, mort en déportation. Deux « grands hommes » morts pour la France « entourés de la Liberté et de l'Histoire ».

J'honore la promesse faite à Julien, je viens m'y incliner comme ma famille assassinée ne put le faire le 18 août 1944 !

Je me dirige vers le fond à gauche, à l'endroit où un jour mon père m'avait conduit. Mes pas résonnent dans le silence de ce lieu si fréquenté et pourtant méconnu. Sur les linteaux d'une porte majestueuse à l'entrée de la chapelle nord abritant la maquette géante du Panthéon, sont gravés les noms des « Écrivains morts pour la France MCMXIV-MCMXVIII ». Je cherche celui d'Émile Hayem. Il apparaît tout en bas de la colonne de droite, inscrit, buriné dans cet écrin de mémoire et dans ce lieu si prestigieux, loin des petites fiches besogneuses, passeports pour la mort, de l'État français, loin des listes froides des convois de l'occupant allemand dressées contre les nôtres. Et si proche de moi aujourd'hui que je me prends à parler à celui qui l'incarne, à raconter à Émile ma visite à son cousin Henri Hayem, honoré lui aussi à la toute proche faculté de droit, et ma découverte des meurtres en série perpétrés contre notre famille à l'été 44, dont deux de ses fils, André et Étienne.

Je traverse la nef en admirant comme toujours l'imposant groupe sculpté représentant la Convention nationale, puis je rejoins les plaques des « Écrivains morts pour la France 1939-1945 ». Le nom de Maurice Sergine (né Moïse Schloss) époux de Juliette Hayem, la sœur d'Émile, est gravé là, lui aussi, non loin de son beau-frère. Maurice y cotoie d'autres écrivains, femmes et hommes d'action que j'admire: Berty Albrecht, Marguerite Aron, Victor Basch, Marc Bloch, Diego Brosset, Benjamin Fondane, Antoine de Saint-Exupéry, Max Jacob, Maurice Halbwachs, Georges Mandel, Missak Manouchian, Irène Némirovsky, Jean Prévost, Valentin Feldman, Benjamin Crémieux, Jean Zay et tant d'autres.

En ce jour, je ne cesse de fouler des traces, de cheminer dans d'autres pas. Comme Julien un samedi d'automne 1927, je descends l'étroit escalier en colimaçon vers le caveau XXIV, celui de Hugo et Zola qu'a rejoint mon cher Dumas en 2002. Je m'assois près d'eux pour rassembler mes pensées en cette journée de cheminement avec nos morts. Me reviennent les documents exhumés tout à l'heure au Mémorial avec les noms d'André et d'Étienne Hayem, deux des fils d'Émile, l'un assassiné à Birkenau, l'autre déporté par le convoi 73 et exécuté en Lituanie ou en Estonie. Je pense aux onze membres de ma famille Hayem et Klotz, descendants d'Isaïe gazés à Birkenau ou tués à Buchenwald, à François Klotz mort au combat après son parachutage. Tous disparus à l'été 44.

La correspondance des dates me saisit.

À deux cents ans d'écart, il y eut deux étés.

Deux étés 44.

L'incroyable dissonance me frappe. À rebours du sens de l'Histoire, de l'émancipation et de la liberté.

En 1744, on imagine les Juifs en France ostracisés et persécutés. Alors qu'en 1944, cent cinquante ans après la Révolution émancipatrice, et au terme d'un siècle d'or du franco-judaïsme courant de Louis-Philippe à la IIIe République, les Français juifs auraient dû bénéficier comme tous leurs concitoyens de la protection de leur pays.

La réalité était tout autre et l'ironie de l'histoire, implacable. À Metz, à l'été 1744, bien qu'écrasés de taxes et tenus à l'écart, les Juifs, dont l'apport à la société était reconnu, jouissaient de certaines libertés et de la protection du gouverneur. Ils pouvaient rendre hommage à leur roi en défilant devant lui à cheval. Un médecin juif sauvait Sa Majesté quand deux cents ans plus tard, Pétain, lui, consultait un autre type de médecin, le docteur Ménétrel qui aimait à féliciter les Allemands pour leur politique de « déracinement définitif de la juiverie ».

Deux étés 44, l'un annonciateur des Lumières, l'autre dispensateur de ténèbres.

À l'été 1744, Isaïe sauve le roi d'une mort certaine et la France d'une invasion.

À l'été 1944, au moins vingt de ses descendants, citoyens et patriotes exemplaires, sont assassinés par les Allemands avec la complicité de l'État français pour le simple fait d'être juifs. D'autres encore meurent au combat pour la libération de leur chère patrie, dont au moins deux officiers des forces combattantes, le lieutenant François Klotz et le capitaine Jean Lippmann, sans compter ceux, nombreux, qui servent dans la Résistance.

Deux siècles séparent ces deux étés si dissemblables, celui de la guérison et de l'espérance et celui de la tragédie et des meurtres.

38

Le grenier de Suscy

Par un brumeux après-midi d'automne, je me rends avec mes sœurs Anne et Laurence dans la maison familiale de Suscy. Celle qui a résonné de tant de cris et de joies d'enfants est bien silencieuse. Cela sent l'humidité, les volets sont fermés, les parquets grincent dans le silence de la vaste demeure. Depuis le décès soudain de notre tante Florence deux ans plus tôt, peu de gens y sont venus. Avec tristesse nous avons dû, trois ans auparavant, nous séparer de notre ferme et de ses deux cent dix hectares de terres céréalières et betteravières, faute de rentabilité, et de vocation agricole dans la famille. C'est le tour de la maison, de son verger et de son parc. Nous la vendons à regret près de cent ans après son acquisition par notre grand-père. Pour nous trois, c'est une part d'enfance qui disparaît. Les étés avec nos grands-parents et nos nombreux cousins, les batailles dans la paille, les roulades dans les blés fraîchement moissonnés, l'entrée et la sortie des vaches de l'étable, la récolte de noix, les chasses aux perdreaux, aux lièvres, les baignades dans la mare aux grenouilles, l'île flottante de Guiguite, les escapades sur de vieux tracteurs rouillés, le tour de la plaine à pied avec notre grand-père, les parties de tennis et les cache-cache dans le parc ombragé.

En ce jour d'octobre, nous sommes venus vider la demeure familiale. Nous abordons la dernière pièce, le grenier. Le grenier de nos cachettes sous la soupente avec ces tomettes bistres fêlées par endroits. Cette odeur de poussière, de peinture et de cuirs tannés. Nous soulevons les draps. Ici les peintures de Florence, là de vieux vêtements, un berceau en rotin, de nombreuses cantines remplies d'objets hétéroclites, des soupières en porcelaine. Nous ouvrons une valise d'où émergent des habits de femme de taille menue, une étiquette nous émeut, Denise Klotz. Et puis d'immenses malles qui nous impressionnaient enfants et que nous avions interdiction d'ouvrir. Des malles géantes, en bois, en cuir, entassées là sous la poussière et les ans.

– François, viens voir, celle-là, elle est pour toi ! me dit ma sœur Anne.

Cachée derrière les montants en bois d'un lit double, se trouve une cantine rectangulaire dans un beau cuir marron tanné, d'environ soixante centimètres de long et de haut. Une inscription à peine lisible se devine. Je m'empare d'un chiffon, j'efface la poussière. Nous lisons tous trois :

Cap.^{ne} *H. Klotz*
Com^{t} *23 S.M.A du*
3ème *Rég*^{t} *d'Artillerie*
56ème *Division de Réserve*

La malle d'officier d'Henry ! Près de cent ans plus tard, elle réapparaît. Elle est très lourde. Nous la posons sur une table de cuisine tachée et bancale, abandonnée là. Des dizaines de photos, des portraits posés de ses enfants à tout âge, des papiers militaires, des correspondances. Tous les souvenirs d'Henry, dont notre grand-mère nous parlait si peu. Nous ne connaissions pas ses traits d'adulte, les seules photos que nous avions vues étaient celles d'un jeune élève officier de réserve ou d'un enfant en tenue de marin avec son frère Georges. Et là pour la première fois, nous le découvrons sur un cliché d'après guerre avec au-dessous une légende un peu trop officielle, presque une nécrologie.

Henry KLOTZ
Industriel à Pantin
Chevalier de la Légion d'honneur
Croix de guerre

Un homme distingué de cinquante ans nous regarde, les cheveux noirs, drus et bien lustrés sur le côté. Il arbore d'imposantes moustaches guidon, dignes des Brigades du Tigre, cirées avec soin. Son regard est profond mais dénote une certaine pudeur et tristesse. Il est élégamment vêtu d'une redingote boutonnée haut qui semble en cachemire, on y devine les deux rubans de ses décorations. Il porte une chemise blanche à col glacé, habillée d'une belle cravate en laine écossaise. Une bonté se dégage de ses traits, de son regard.

Nous sortons quelques grandes photos encadrées avec soin. Nous y reconnaissons l'écriture de Mamie. Lucienne, Antoine, Denise, François, Philippe, ses cinq frères et sœurs sont là, Bertrand Level aussi, son demi-frère. Sa mère Flore, décédée à cinquante ans d'un cancer, nous apparaît plus jeune entourée de ses sept enfants, dans toute sa beauté avec son immense chevelure d'un noir de jais et ses yeux bleus affectueux. Il y a Lucienne, que nous découvrons pour la première fois dans un portrait digne d'une comédie de Hollywood des années 1930, enjôleuse avec un bibi sur la tête et riant aux éclats. Il y a Antoine, le frère aîné mort dans un accident d'automobile en octobre 1929, lui aussi hilare avec un air de Maurice Chevalier. Il y a enfin François sur une photo si souvent aperçue sur la table de nuit de notre grand-mère, la dernière avant son parachutage sur la France occupée. Il porte une chemise d'officier couleur sable, ses yeux bleus et son doux regard sont identiques à ceux de notre grand-mère. Émus par cette découverte, nous refermons la cantine, je la prends et la descends à ma voiture.

Plusieurs jours ont passé, avant que je ne puisse rouvrir la malle d'Henry.

Un dimanche dans le calme d'une maisonnée endormie, je m'assois par terre et ouvre la cantine de mon arrière-grand-père.

Je sors une vieille chemise cartonnée, d'un rose passé où je lis « Émile H. » et dessous : « Dossier H.K. » J'y trouve plusieurs lettres adressées en 1919 par Henry à des colonels, des généraux de ses amis, pour leur demander des renseignements sur la mort de son beau-frère et cousin, Émile Hayem. Plusieurs réponses permettent de localiser sa tombe au cimetière d'Altkirch. D'autres lettres annoncent la nomination à titre militaire du capitaine Émile Hayem comme chevalier de la Légion d'honneur.

Plusieurs clichés glissent d'une enveloppe Kodak jaunie. Je découvre Henry âgé, invalide assis sur un lourd fauteuil roulant. Les cheveux sont plus clairsemés, blancs mais toujours lustrés, les moustaches guidon ont perdu de leur superbe et blanchi. Les ans, son divorce, le deuil de son fils Antoine, la faillite de son entreprise, la saisie de ses immeubles, la sciatique invalidante, la défaite, l'Occupation, les privations, les persécutions ont fait leur œuvre destructrice. Le regard est perdu au loin, la tristesse y est infinie. Malgré les épreuves, il est toujours digne et élégant. On devine au col de sa redingote noire sa rosette d'officier de la Légion d'honneur et le ruban de sa croix de guerre. La cravate n'a plus la fantaisie d'une écossaise, elle est simple et noire comme ces temps funestes.

Je repose la photo prémonitoire des malheurs qui allaient l'emporter comme presque toute sa descendance. J'ouvre les lettres. Il y en a des dizaines, toutes dactylographiées. Henry avait gardé les carbones de celles adressées à ses enfants et petits-enfants pendant toute la durée de la guerre. Je découvre aussi leurs réponses. Au-delà des photos figées dans le temps qui disent si peu, ses lettres dessinent une personnalité affectueuse, attentive aux siens. Prodiguant des conseils, encourageant la résistance de François, épaulant Gilbert et Édith dans leurs études, s'inquiétant pour ses filles et ses petits-enfants de la sûreté de leurs différentes caches.

Et au milieu de cette correspondance, Isaïe se manifeste à nouveau de manière inattendue. Voici une lettre d'octobre 1941 envoyée par Henry à

François, passé au Maroc en début d'année, où son fils Antoine vient de naître. Une lettre comme un signe traversant les siècles et les générations.

Henry donne quelques nouvelles de la famille, parcellaires en ces temps de dispersion. Il prend bien soin de n'utiliser que les initiales des prénoms et de ne jamais donner les noms des villes où ses enfants et petits-enfants se trouvent. Et puis au quatrième paragraphe :

Mes recherches géné. progressent, mais les circonstances, les difficultés des transmissions gênent bien les investigations. J'ai pourtant un ensemble assez cohérent pour 150 ans. Je continue, mais cela devient fort difficile. Les renseignements que j'obtiens ne corroborent nullement mes souvenirs sur le Dr Oulman. Il faudrait pouvoir enquêter à METZ vers 1744 (maladie de L. XV).

Pourquoi donc Henry, en pleine Occupation en ce début de la chasse aux Juifs, se préoccupait-il de généalogie, et de leur ancêtre Oulman ? Le statut des Juifs promulgué par l'État français dès octobre 40 avait pourtant inclus à la demande expresse de Pétain les descendants de Juifs devenus français avant 1860, les condamnant ainsi à l'exclusion, la spoliation voire la mort. Peut-être Henry espérait-il encore que les services rendus à la patrie par leurs familles depuis au moins deux cents ans, depuis Isaïe jusqu'à lui, adouciraient leur sort ? En octobre 1941, juste avant la rafle des notables de décembre, la rafle de ces israélites français patriotes, l'espérance était peut-être encore possible ?

Sur la page suivante, la réponse de François, tapée elle aussi sur du papier fin, fut postée de Casablanca le 3 novembre 1941. Elle est tendre et amusante, il donne des nouvelles détaillées de la croissance d'Antoine qui semble un bébé goulu et qui d'après son père fera « un beau gars ». Il avait raison, Antoine est devenu un très bel homme, qui a servi comme commando parachutiste en Algérie puis fut plongeur sous-marin. François évoque à son tour son ancêtre Oulman, dont il écorche le nom et double le *n*.

J'ai suivi, je pourrais dire avec attendrissement le mot n'est pas trop gros, tes efforts pour arracher au docteur Oulmann ce qu'il connaissait et ne veut te dire. Quel mal tu te donnes mon pauvre Papa. Je trouve que les résultats déjà obtenus sont pleinement suffisants et que tu as tort de persévérer plus loin... Merci néanmoins en notre nom à tous pour le mal que tu te donnes pour nous. Ne te fais aucun mauvais sang, je prends quant à moi cela du côté funambulesque de toutes ces aventures internationales.

Un funambule, François ? Je repense au mot de Cocteau : « Les gestes de l'équilibriste doivent sembler absurdes à ceux qui ne savent pas qu'il marche sur le vide et sur la mort. »

François se voulait détaché et léger pour ne pas effrayer son père, il travaillait déjà dans le réseau de résistance Schuman-Mengin pour aider les Américains à préparer leur débarquement au Maroc. Quelques mois plus tard, il fut arrêté par la police de Vichy à Marrakech sur la place Jemaa el-Fna en compagnie de son camarade Albert El-Koubbi, en possession d'un poste radio-émetteur. Il passa cinq mois dans les prisons françaises à Casablanca où il fut de nombreuses fois torturé et maltraité comme résistant et comme Juif. « Le funambule » ne parla pas. Cinq mois plus tard, à sa libération par les Américains, il rejoignit les commandos d'Afrique pour s'illustrer au combat et être gravement blessé en Tunisie, où son héroïsme lui valut la croix de guerre.

Je reviens à la malle, en sort un paquet de documents emballés dans un papier kraft froissé entouré d'une cordelette jaunie par les ans. Je reconnais l'écriture de ma grand-mère : « Papiers de François, dossier militaire, Alger ».

Je coupe la ficelle, trop serrée par les ans pour être dénouée. Des épaulettes de brigadier-chef glissent par terre. Je sors une boussole qui ne donne plus le nord. J'ouvre un carnet d'une section de liaison du 2e bureau de l'état-major général des armées françaises. J'y découvre la photo déjà connue sur cette pièce d'identité des services action datée du 31 mai 44, un mois avant son parachutage pour venir prendre le commandement d'un groupe SOE et FTP de saboteurs de la région Aix-Marseille.

Dans un cahier d'écolier à la couverture d'un rouge fané, je déchiffre sur la première page une écriture fine, appliquée et légèrement délavée.

« Klotz François, Arbre généalogique, Papiers militaires. »

En face d'initiales reconnaissables, les titres et multiples décorations de huit de ses aïeux et parents proches.

Et à la fin de cette page : « Oulmann, Médecin Louis XV. »

François s'était donc senti obligé dans son dossier militaire, pour rejoindre le service action des Forces françaises libres, de remonter aussi loin dans ses racines françaises et d'évoquer tous les états de service des siens. L'antisémitisme ambiant chez beaucoup d'officiers supérieurs de l'armée d'Afrique devait y être pour quelque chose.

Dans une pochette, je trouve, tapés à la machine, ces mêmes renseignements beaucoup plus détaillés.

« OULMANN : Docteur de Metz – Ancêtre maternel.

Rôle social : 1735 Sauve Louis XV d'une pneumonie contractée à son passage à Metz.

En récompense LOUIS XV propose au docteur OULMANN son établissement et sa venue à Versailles comme médecin du roi – avantage que le docteur refuse. »

François donne ici des détails que ne m'avait pas donnés ma grand-mère. Mais les erreurs de François semblent nombreuses, l'orthographe d'Oulman, d'abord, puis la date de la guérison, 1735, en fait 1744. Le roi ne souffrait pas de pneumonie mais de dysenterie. Enfin on voit mal Louis XV proposer au docteur Oulman de devenir médecin du roi. À une époque où les Juifs étaient interdits à Versailles et où le parti des dévots reprenait des forces, cela même pour un monarque absolu restait inenvisageable. Les erreurs de François correspondent-elles à celles de son père, pour qui les éléments obtenus ne corroboraient pas les souvenirs ?

Isaïe Cerf Oulman ne cesse donc d'apparaître par intermittence dans notre histoire familiale, aux obsèques de Simon Hayem en 1895, lors des hommages de 1911 de l'Académie de médecine au professeur Georges Hayem, dans le récit de Julien de 1927, dans les correspondances de guerre d'Henry et François comme dans les papiers militaires de François avant sa dernière mission, et enfin sur le plat de *seder* accroché depuis dans notre salle à manger.

Isaïe comme un fil, une incantation patriote, un signe traversant le temps.

39

Épilogue. Justice au Panthéon, jeudi 18 janvier 2007

Ce jour d'hiver, Hubert Heilbronn mon père, commandeur dans l'ordre de la Légion d'honneur et commandeur des Arts et des Lettres, gravit les marches du Panthéon en tenant la main de son petit-fils David Heilbronn, âgé de dix ans.

Avec trois autres enfants, notre troisième fils accompagnera le président de la République Jacques Chirac et la présidente de la Fondation pour la mémoire de la Shoah, Simone Veil, pour inaugurer la plaque en « Hommage de la nation aux Justes de France ». David a été retenu comme petit-fils d'enfants juifs cachés par des Justes, son grand-père paternel Hubert Heilbronn et sa grand-mère maternelle Régine Gabai, mais aussi comme parent d'un Juste parmi les nations, Robert

Cook. Le pasteur Cook, grand-oncle de sa mère, officiait à Vabre dans le Tarn, où il fut aumônier du maquis. Pendant la guerre, il cacha et sauva une vingtaine de jeunes Juives allemandes sorties du camp de Gurs. Il fut aussi l'un des soutiens actifs du maquis des éclaireurs israélites dans son village et reçut la médaille des Justes parmi les nations en 1991.

Avant le début de la cérémonie, mon père montre à son petit-fils les plaques honorant ses deux grands-oncles.

Alice Tajchman, secrétaire générale de la Fondation pour la mémoire de la Shoah, vient chercher David et le conduit au président Chirac et à Simone Veil. Du haut de ses dix ans, impressionné mais curieux, David salue le chef de l'État, qui plaisante amicalement avec lui. Puis il se présente à Simone Veil.

– Bonjour, madame, je suis David Heilbronn, l'arrière-petit-fils de Jacques et Anne-Marie Heilbronn.

Simone marque un moment de silence, émue elle lui dit gravement :

– Tes arrière-grands-parents étaient des gens merveilleux. L'été 45, ils nous ont accueillies, mes deux sœurs et moi, à notre retour des camps, dans leur ferme de Suscy. Dans les années de disette qui ont suivi, Jacques nous a ravitaillées chaque semaine en œufs, lait, fruits et légumes de votre ferme. Nous sommes toujours restés amis. Cela me fait très plaisir que ce soit toi qui nous accompagnes ce jour.

Vêtu d'une veste de velours marron sur un pull à col roulé, David descend avec Simone Veil dans la crypte pour inaugurer la plaque en hommage aux Justes parmi les nations.

Ce soir, je lui raconterai l'histoire de son aïeul Isaïe Cerf Oulman.

Dimanche 1er juillet 2018

Avec mon père et mon épouse, nous remontons à pied la rue Saint-Jacques, nous longeons la Sorbonne, puis empruntons la rue Cujas écrasée par un soleil brûlant. Combien de fois ai-je arpenté ce vieux quartier, en toutes saisons et dans des états d'âme bien différents ? Mais ce jour comptera. Amis de la famille de Simone et d'Antoine Veil, nous sommes invités ce dimanche pour leur entrée au Panthéon.

Sur la place, le public convié doit s'installer sous de ridicules tentes en plastique translucide qui coupent la faible brise, accroissent la sensation d'étuve. Je vais saluer mes amis rescapés. Chevelure rousse, flamboyante, toujours enjouée malgré ses quatre-vingt-dix ans, Marceline Loridan-Ivens est heureuse d'accompagner sa

« copine » de camp au Panthéon. Je m'inquiète cependant pour elle de la température caniculaire. Elle me sourit de ce regard pétillant que n'a pas vaincu la cécité.

– Tu sais, François, on a connu pire à l'été 44. Nous n'étions pas assises et on ne nous distribuait pas de brumisateurs dans *La Petite Prairie aux bouleaux*.

La force, l'humour, l'ironie de Marceline ! Ils sont tous là ou presque, les derniers survivants d'Auschwitz-Birkenau : Ginette Kolinka, Yvette Levy, Esther Senot, Henry Borlant, Paul Schaeffer, Raphaël Esrail, Milo Adoner et tant d'autres. Sous aucun prétexte ils n'auraient manqué cet hommage national à celle qui, comme eux, endura la faim, le froid, les coups, le gazage et la crémation de leurs proches, les marches de la mort. Simone Veil, née Jacob, n'entre pas seule au Panthéon. Avec elle, nos familles assassinées sont symboliquement admises dans ce temple de la République.

Je m'assois non loin de David de Rothschild, un autre descendant en ligne directe du docteur Oulman, par sa grand-mère née Halphen. À mes côtés, Éric de Rothschild, que je seconde au Mémorial de la Shoah. Patrick Bloche, mon cousin, petit-fils de Lucienne Klotz-Foucaud gazée à Birkenau à l'été 44, vient nous saluer. Comme notre aïeul Julien Hayem, à un siècle d'intervalle, il est devenu maire adjoint du XIe arrondissement de Paris, puis maire, et député pendant vingt ans. Ancien président de la Commission des affaires culturelles et de l'éducation de l'Assemblée nationale, il est adjoint à la maire de Paris et officier des Arts et des Lettres. Encore un descendant d'Isaïe à s'être illustré au service de la nation.

Partant de la fontaine face au jardin du Luxembourg, portés par des gardes républicains, les cercueils de Simone et d'Antoine Veil couverts du drapeau tricolore remontent lentement la rue Soufflot tapissée pour l'occasion d'un ruban bleu symbolisant la réconciliation européenne. Derrière les barrières, la foule les suit des yeux, le plus loin, le plus longtemps possible, comme si elle voulait retenir celle qui va lui manquer. Me traversent les mots de mon ami Pierre-François Veil à la mort de sa « maman » l'année dernière : « Tant de Françaises et de Français l'ont adoptée pour seconde mère. » À sa demande et à celle de Jean, son frère aîné, nous avions exposé ces cercueils pendant deux jours dans la crypte du Mémorial de la Shoah, là où reposent dans six plots de bronze, sous une étoile de David à six branches, les cendres de Juifs assassinés dans les six centres de mise à mort d'Europe. Plus de dix mille personnes sont venues s'y recueillir.

Le *Chant des marais*, celui des déportés, retentit : « Ô terre de détresse / Où nous devons sans cesse / Piocher, piocher, piocher. » Sur la place, les deux cercueils, drapés des trois couleurs, sont déposés au centre d'un cercle d'honneur de douze gardes républicains, dont les casques brillent au soleil de juillet. Je fixe le cercueil de Simone à gauche, et je nous revois ensemble au printemps 2002 au kibboutz des combattants du ghetto de Varsovie en Galilée, Beit Lohamei Hageta'ot. Pierre-François et Simone avaient allumé une flamme puis, à leurs côtés, mon père et moi firent de même. Six flammes brillèrent dans le ciel de Galilée, six lueurs en souvenir de nos six millions de morts. Simone, entrent avec toi aujourd'hui au Panthéon celles et ceux dont les cendres ont « creusé une tombe dans les nuages ».

À la fin du vibrant discours du président Macron, Barbara Hendricks entonne *La Marseillaise*, nous nous levons et l'accompagnons.

En chantant, les yeux vers le ciel, je relis la devise au fronton du Panthéon. « Aux grands hommes la patrie reconnaissante ». Merci à toi, Isaïe Cerf Oulman ! Si tu n'avais pas sauvé Louis XV à Metz en cet été 1744, cette église devenue mausolée républicain n'aurait sans doute jamais été édifiée. Ce monument de justice, orné des portraits de Simone et d'Antoine, lumineux sous ce brûlant soleil d'été, semble t'en être reconnaissant aujourd'hui.

Certains de tes descendants y sont honorés, Émile Hayem et Maurice Sergine. Depuis peu, l'illustre édifice abrite aussi la tombe de l'un de tes lointains petits-cousins, Jean Zay, ancien ministre de l'Éducation et des Beaux-Arts du Front populaire, résistant assassiné par des miliciens. La grand-mère Spire Lévy de ton épouse Ève était née Breinlé Zay, cousine de Jacob Joseph Zay, l'ancêtre direct de Jean Zay.

Tandis que Pierre-François et Jean Veil, leurs épouses, enfants, petits-enfants et Marceline gravissent les marches derrière les cercueils et le président de la République, je ne peux m'empêcher de penser qu'une autre parente d'Isaïe Cerf Oulman est en ce jour honorée dans ce lieu le plus sacré de la nation. Par son père André Jacob, assassiné en déportation, Simone Veil descend de Jacob Spire Lévy, le grand-père de Hébé, la femme d'Isaïe.

Repartant par la rue d'Ulm, la bien nommée, résonne en moi cette phrase prononcée par mon père un an plus tôt, lors de l'hommage au Mémorial de la Shoah à son amie de jeunesse et lointaine parente, Simone Veil :

« Il n'a rien à craindre de la mort celui qui connaît la réalité du cercle. »

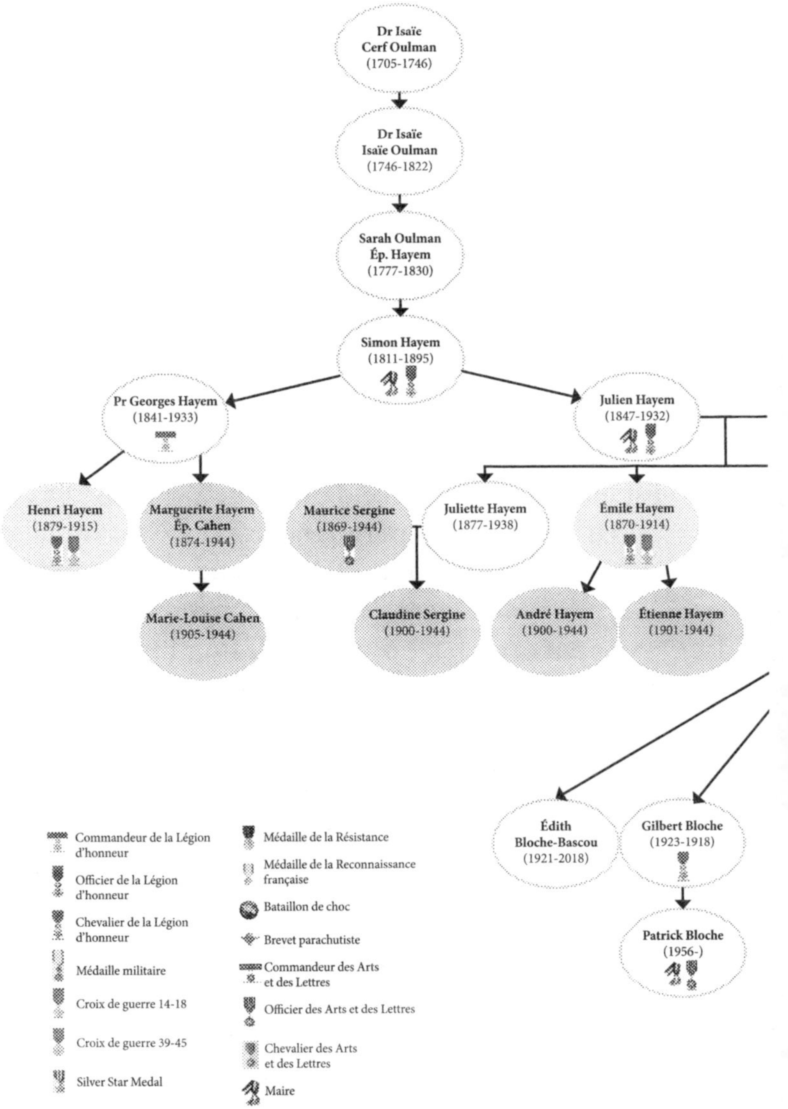
Dr Isaïe Cerf Oulman (1705-1746)
Dr Isaïe Isaïe Oulman (1746-1822)
Sarah Oulman Ép. Hayem (1777-1830)
Simon Hayem (1811-1895)
Pr Georges Hayem (1841-1933)
Julien Hayem (1847-1932)
Henri Hayem (1879-1915)
Marguerite Hayem Ép. Cahen (1874-1944)
Maurice Sergine (1869-1944)
Juliette Hayem (1877-1938)
Émile Hayem (1870-1914)
Marie-Louise Cahen (1905-1944)
Claudine Sergine (1900-1944)
André Hayem (1900-1944)
Étienne Hayem (1901-1944)
Édith Bloche-Bascou (1921-2018)
Gilbert Bloche (1923-1918)
Patrick Bloche (1956-)
Commandeur de la Légion d'honneur
Officier de la Légion d'honneur
Chevalier de la Légion d'honneur
Médaille militaire
Croix de guerre 14-18
Croix de guerre 39-45
Silver Star Medal
Médaille de la Résistance
Médaille de la Reconnaissance française
Bataillon de choc
Brevet parachutiste
Commandeur des Arts et des Lettres
Officier des Arts et des Lettres
Chevalier des Arts et des Lettres
Maire

Descendance Hayem, Klotz et Heilbronn d'Isaïe Cerf Oulman
(personnes évoquées dans le roman)

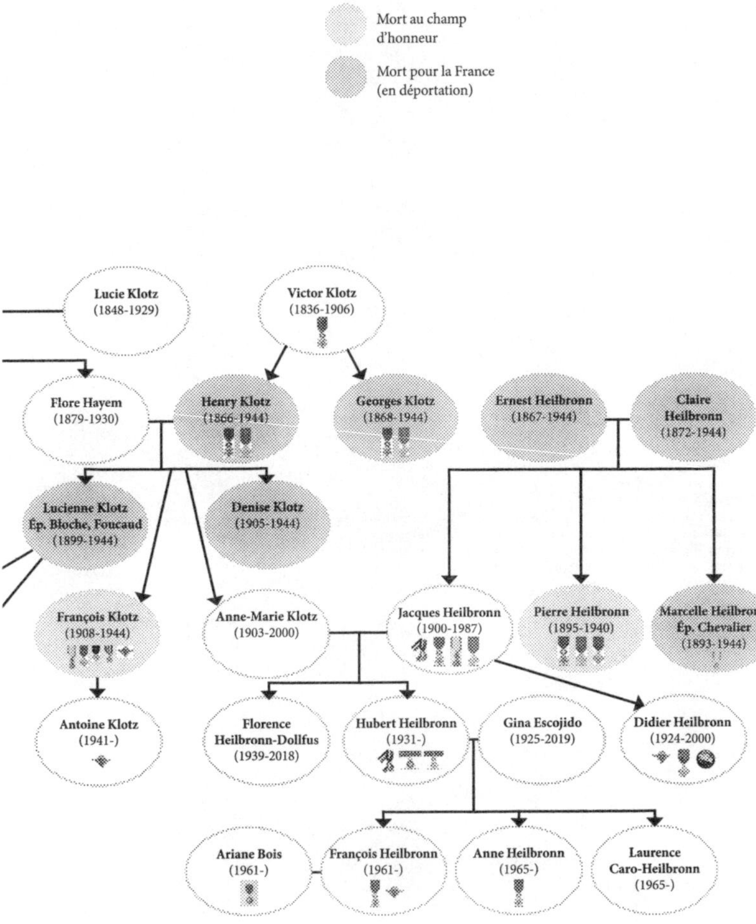

Descendance simplifiée et parents du docteur Isaïe Cerf Oulman

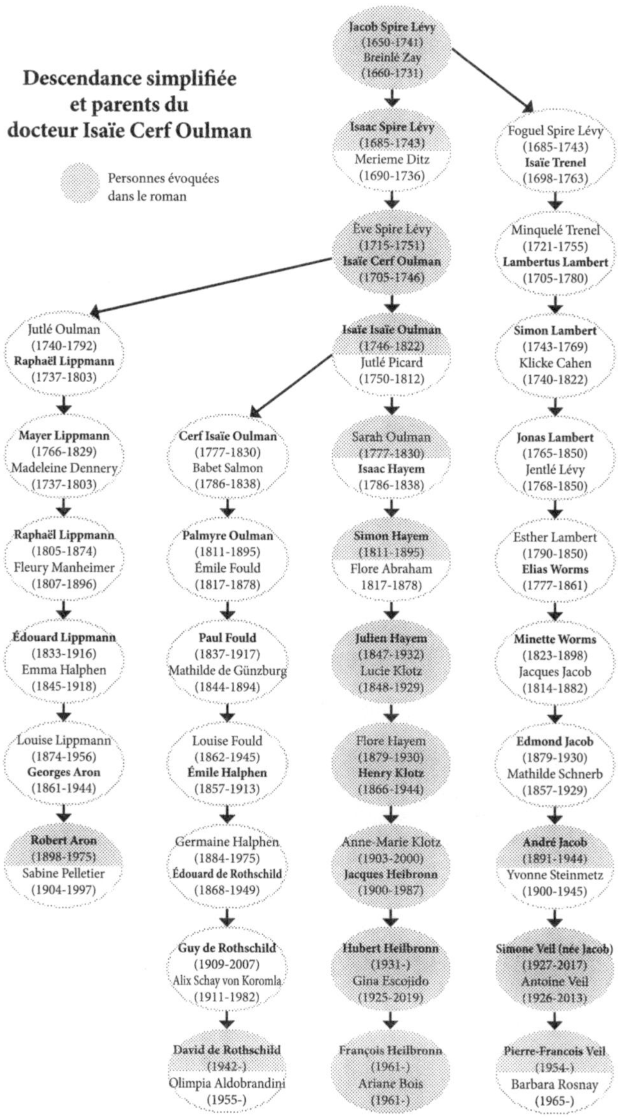

Docteur Isaïe Cerf Oulman
(1705-1746)

Note

Ceci est un récit romancé dont tous les personnages et les faits sont réels et ce quelle que soit l'époque.

L'ensemble des événements survenus à Metz à l'été 1744, des dialogues entre le roi, sa cour, ses médecins, ses confesseurs et ses maîtresses sont authentiques et sont rapportés tels quels dans le roman. Ils nous furent principalement contés par le maréchal, duc de Richelieu, dans ses *Mémoires* qui ont servi de sources à Michelet et à Dumas. D'autres témoignages de l'époque m'ont été précieux pour compléter le récit, dont le *Journal de ce qui s'est fait pour la réception du Roy dans la ville de Metz, le 4 août 1744. Avec un recueil de plusieurs pièces sur le même sujet, et sur les accidents survenus pendant son séjour.*

La maladie du roi comme tous les soins donnés furent très documentés, tant par ses médecins que par leurs critiques, et elles furent nombreuses. Nous avons consulté à la Bibliothèque nationale et rapporté précisément notamment les *Documents relatifs à la maladie de Louis XV à Metz (août 1744), une observation anonyme de ladite maladie; Lettre de Chicoyneau, premier médecin du roi à Sauvage, médecin à Verdun; Journal de la maladie du Roi par M. de Saint-Simon, évêque de Metz.*

L'histoire de la communauté juive de Metz, son organisation, ses cérémonies, ses textes, ses familles et leurs liens et même la cavalcade pour le roi ont comme sources les archives de cette communauté très organisée et deux ouvrages de référence, l'un du grand rabbin Nathan Netter, *Metz et son grand passé. Vingt siècles d'histoire de la communauté juive*, et l'autre de Pierre-André Meyer, *La Communauté juive de Metz au XVIIe siècle.*

Tous les lieux évoqués à Metz en 1744, les noms des rues, l'emplacement des habitations avec le nom de leurs propriétaires sont authentiques, y compris ceux du quartier juif, et sont issus du plan très détaillé de la ville de Metz établi par le maréchal de Belle-Isle entre 1735 et 1738. Nous avons respecté l'orthographe des noms de famille, des lieux et des rues tel qu'ils étaient pratiqués au XVIIIe siècle.

Tous les liens familiaux, d'ascendance et de descendance des familles Spire Lévy et Oulman sont réels. La précision de ces informations est rendue possible par la qualité des archives juives et rabbiniques de Metz, leur analyse par de nombreux spécialistes et cercles de généalogie juive et notamment les travaux précieux de Muriel Lévy, d'Anne-Marie Fribourg et de Pierre-André Meyer, que je tiens à remercier.

Les seuls dialogues imaginés sont ceux entre le docteur Isaïe Cerf Oulman, sa famille et ses probables interlocuteurs à l'hôtel du gouverneur, le roi, Belle-Isle, Hélian et Lebel.

Pour retracer l'histoire des familles Hayem, Klotz et Heilbronn, nous avons retrouvé avec mes sœurs dans le grenier de la ferme familiale de Suscy toutes les archives, photos et correspondances de Julien Hayem, Victor Klotz, Henry Klotz ainsi que les dossiers militaires et correspondances de François Klotz depuis Casablanca et Alger, archives familiales que ma grand-mère avait conservées depuis la guerre sans jamais les ouvrir. J'ai complété ces documents avec les archives du Mémorial de la Shoah et du Mémorial de Caen sur les arrestations, les conditions de détention et de déportation de chacun des membres de ma famille. Ces recherches ont été enrichies par l'excellent travail de la classe de troisième de Mme Claire Podetti du collège Péguy de Massy-Palaiseau dans le cadre du projet européen convoi 77, qui travailla sur les vies et l'assassinat de Lucienne et Denise Klotz.

En ce qui concerne la véracité historique de la guérison du roi Louis XV par les soins du docteur Isaïe Cerf Oulman, plusieurs sources au XIXe et au XXe siècle indiquent cette possibilité et ont pour la plupart été évoquées dans un article très érudit de Pierre-André Meyer dans la revue française de généalogie juive, publié en 2013 : « Mon ancêtre a guéri Louis XV : enquête sur une légende familiale ».

En avril 1895, le rédacteur en chef des *Archives israélites*, Isidore Cahen, écrit dans la longue nécrologie qu'il consacre à Simon Hayem : « Simon Hayem était né à Verdun (Meuse) le 29 décembre 1811, il était arrière-petit-fils du médecin Oulman qui avait soigné Louis XIV (*sic*) à Metz. »

En 1911, Louis Landouzy, doyen de la faculté de médecine de Paris et membre de l'Académie de médecine, remettant une médaille au professeur Georges Hayem âgé de soixante-dix ans pour son départ en retraite, déclara à propos de son aïeul qu'il devait « sa vocation à Isaïe Servus Ulman[1] appelé en 1744 au chevet de Louis XV alors que Lapeyronie jugeait la situation désespérée ».

En 1952, le docteur Richard Kohn écrivit une chronique consacrée aux médecins juifs depuis

1. Orthographe fidèle à celle de son diplôme de médecine et non de son état civil.

1789. Évoquant l'aïeul de Georges Hayem, il précisa :

« Malgré toutes les préventions et en désespoir de cause on eut recours au médecin juif, Isaïe Cervus Ullmann fit si bien, ses remèdes améliorèrent une telle transformation, que, contre toute attente, le Bien-Aimé fut sauvé. »

En 1974, le spécialiste de l'histoire lorraine Tribout de Morembert, président de l'Académie nationale de Metz, accueillant dans sa ville Robert Aron l'année de son élection à l'Académie française, souligna dans son discours :

« Comment ne pas rappeler cet autre ascendant, le plus illustre de tous, le célèbre médecin, Esaias Cervus Ulman, qui, selon la tradition, eut l'honneur de remettre sur pied Louis XV lors de sa grave maladie. Comme il était impensable que le roi très chrétien ait été guéri par un juif, on découvrit un vieux médecin pensionné du régiment d'Alsace, Alexandre de Montcharvaux, à qui on fit endosser la guérison. »

Le 2 décembre 1988, Jean-Marie Rouillard, président de l'Académie nationale de Metz, accueillant Maurice Rheims de l'Académie française dans son académie, déclarait :

« Vous êtes grand officier de la Légion d'honneur, Croix de guerre 39-45 avec quatre citations, médaillé de la Résistance, officier des Arts et Lettres, commandeur du Mérite de la République italienne. Maître, nous savons que vous portez à Metz un intérêt tout particulier. Vous avez dans notre ville de nombreux amis et des parents qui vous sont chers, animateurs de notre cité. J'ai lu dans le catalogue de l'exposition *Louis XVI et l'édit de Tolérance* que vous aviez à Metz un ancêtre illustre, le médecin Isaac Cerf, qui avait sauvé Louis XV, contribuant ainsi à renforcer la protection royale sur la communauté juive de Metz. Ce savant confrère aurait pu être membre de notre académie. Ceci était impossible pour plusieurs raisons. Une seule me permettra de négliger toutes les autres : en 1746, date de la mort d'Isaac (*sic*) Cerf, l'Académie de Metz n'était pas encore créée. Mais cet ancêtre s'est rattrapé dans sa descendance qui, sous la Coupole, comprend quatre membres de l'Institut et trois académiciens. Nous avons déjà eu le plaisir d'accueillir ici même Robert Aron et Jean Bernard. Soyez donc le bienvenu dans notre bonne cité. » Les évocations historiques de ce discours sont intéressantes mais ni Maurice Rheims ni Jean Bernard ne descendent d'Isaïe Cerf Oulman.

En postface des mémoires posthumes de Robert Aron publiés en 1981, son épouse Sabine Robert-Aron, détentrice du portrait en huile sur toile d'Isaïe Cerf Oulman, écrivit :

« Esaias Cervus Ulman qui est l'ancêtre de Robert Aron, du côté maternel et c'est son diplôme reçu en 1727 à la faculté de médecine de Giessen, que son descendant conservait. La tradition familiale, étayée par une lettre signée de Louis XV, perdue ou volée durant l'Occupation, assurait qu'il soigna le roi... »

Pierre-André Meyer analysa l'existence de ces deux récits familiaux concordants, Hayem et Aron, de la façon suivante :

« Suivant deux récits familiaux trouvés parmi ses descendants mais dans des branches éloignées l'une de l'autre, des trois médecins en fonction en 1744, ce fut Isaïe Cerf Oulman qui fut appelé au chevet de Louis XV et qui lui apporta la guérison inespérée.

Cette tradition familiale est présente d'abord dans la famille du grand médecin Georges Hayem (Paris 1841-Paris 1933), pionnier de l'hématologie, membre de l'Académie de médecine... Et dans la famille de l'écrivain et historien Robert Aron (1898-1975) de l'Académie française... Cette branche était éloignée de Georges Hayem car pour retrouver leur ancêtre commun il faut remonter jusqu'à Isaïe Cerf Oulman, lui-même. Mais c'est précisément le fait que cette tradition se retrouve dans deux branches familiales éloignées qui rend la chose intéressante. »

De cette tradition, cet ouvrage a essayé de tirer un récit romancé évoquant « la grandeur et la servitude » d'une famille patriote juive française pendant plusieurs siècles et à chaque génération.

Remerciements

Un premier roman est une aventure conduisant sur des chemins escarpés où celui qui s'engage a besoin d'éclaireurs chevronnés, attentifs et amicaux. Tout au long de cette aventure des *Deux étés 44*, j'ai eu la chance de bénéficier de ces guides, que je tiens à remercier ici.

Ce roman n'aurait pas été possible sans les encouragements et les conseils éclairés de ma femme, mon amour, qui partage ma vie et mes combats depuis notre jeunesse lycéenne, la romancière Ariane Bois, qui a su me guider et m'orienter dans cette aventure enthousiasmante.

Merci à mon père, Hubert Heilbronn, un de mes premiers lecteurs et soutiens qui m'encouragea et m'apporta les précisions nécessaires sur la période, si tragique pour lui, de la guerre. Je le remercie aussi pour le modèle d'engagement, de courage et de fidélité qu'il a toujours été pour moi.

J'ai une pensée émue pour ma mère Gina Heilbronn, disparue en octobre 2019, trois semaines avant que je puisse lui faire lire le premier jet de mon manuscrit. Je lui avais raconté toutes les aventures d'Isaïe et, passionnée de romans historiques, elle attendait avec impatience mon texte à la veille de son décès.

J'ai une pensée attristée pour mon frère le docteur David Elia, décédé soudainement à l'été 2021. Il se réjouissait de découvrir les aventures d'un autre médecin de la famille.

Je remercie nos cinq enfants, Jean, Aurélien, David, Max et Salomé, pour leur soutien, leur lecture attentive et leurs conseils amusés dont j'essaie, le plus possible, de tenir compte. Ce texte est né de mon envie de transmettre à mon tour, à mes enfants devenus adultes, cette histoire racontée de génération en génération.

Merci à mes sœurs Anne et Laurence Heilbronn pour leurs conseils, leurs lectures et leur aide afin de retrouver dans le grenier de notre enfance ou ailleurs les traces de cette histoire.

Merci à Samy Katz, un de mes anciens étudiants devenu mon collaborateur, originaire de la communauté juive de Metz et dont le grand-père Pierre Mendel fut un des grands historiens de cette ville, pour m'avoir guidé dans ces lieux, dans l'histoire de sa communauté juive et orienté vers les sources historiques pertinentes. Également pour m'avoir présenté le grand rabbin de Moselle, Bruno Frizon, que je remercie pour la visite du cimetière si émouvant des Juifs de Metz du XVIIIe siècle à la recherche de la pierre tombale d'Isaïe Cerf Oulman, que nous n'avons pas encore retrouvée.

Merci à Bernard-Henri Lévy, un de mes tout premiers lecteurs, de ses encouragements sur ce texte qui, comme son œuvre, est à la recherche des traces du *Génie du judaïsme français*.

Merci à mon amie Colette Kerber, l'excellente libraire des Cahiers de Colette, pour sa lecture attentive, son soutien et ses encouragements si amicaux.

Merci à mon rabbin et amie Delphine Horvilleur, pour ses commentaires judicieux sur les pratiques et les prières du judaïsme lorrain du XVIIIe siècle dont elle est aussi issue.

Merci à mes deux associés et amis depuis plus de trente ans, Maurice Friedrich et Henri Fiszer, de m'avoir épaulé, soutenu et conseillé dans cette nouvelle aventure.

Merci à mon cousin Patrick Bloche pour sa relecture attentive et les précisions familiales précieuses qu'il m'a apportées.

Merci à Karen Taieb et Alexandre Doulut du Mémorial de la Shoah pour avoir cherché et m'avoir fourni les archives des arrestations et déportations des membres de ma famille.

Merci au professeur Claire Podetti et à sa classe de troisième du collège Charles-Péguy de Massy-Palaiseau pour leur travail dans le cadre du projet Convoi 77, sur mes grands-tantes Lucienne et Denise Klotz, leurs vies, arrestations et déportations.

Merci à l'historien Tal Brutmann, spécialiste du camp de Drancy, pour sa relecture attentive de cet autre été 44.

Merci à Émilie Pointereau pour son adhésion spontanée à ces histoires, ses conseils et accompagnement éclairés au fil des différentes versions.

Merci enfin au directeur général des éditions Stock, Manuel Carcassonne, pour sa confiance immédiate, son enthousiasme pour ces *Deux étés 44* et son soutien amical et précieux.

Cet ouvrage a été composé
par Maury à Malesherbes
et achevé d'imprimer sur Roto-Page
par l'Imprimerie Floch à Mayenne
pour le compte des Éditions Stock
21, rue du Montparnasse, 75006 Paris
en janvier 2023

PAPIER À BASE DE FIBRES CERTIFIÉES

Stock s'engage pour l'environnement en réduisant l'empreinte carbone de ses livres. Celle de cet exemplaire est de :
800 g éq. CO_2
Rendez-vous sur www.editions-stock-durable.fr

Imprimé en France

Dépôt légal : février 2023
N° d'édition : 01 – N° d'impression : 101786
36-51-0581/5